Rena Finder

Joshua M. Greene

Ich überlebte.

Ein Mädchen auf Schindlers Liste

Rena Finder
Joshua M. Greene

ICH ÜBERLEBTE

EIN MÄDCHEN AUF Schindlers Liste

Aus dem Englischen von
Manuela Knetsch

Hanser

Die Originalausgabe erschien 2020 unter dem Titel
My Survival. A Girl on Schindler's List bei Scholastic Press,
an imprint of Scholastic Inc.

Erscheint als Hörbuch bei JUMBO Neue Medien & Verlag,
gelesen von Julia Nachtmann.

1. Auflage 2022

ISBN 978-3-446-27238-5

Published by Arrangement with SCHOLASTIC INC.,
557 Broadway, New York, NY 10012 USA

Umschlaggestaltung nach einem Entwurf von Maeve Norton
Motive: © Lisyl Songco/EyeEm/Getty Images;
ClassicStock/TopFoto; Rena Finder; Yad Vashem
Satz: Satz für Satz, Wangen im Allgäu
Druck und Bindung: Friedrich Pustet, Regensburg
Printed in Germany

FSC
www.fsc.org
MIX
Papier aus verantwortungsvollen Quellen
FSC® C014889

In Liebe und Dankbarkeit Margot Stern Strom
gewidmet, der Mitbegründerin der Organisation
»Facing History and Ourselves«. Sie gab Überlebenden
einen Ort, an dem sie ihre Geschichten mit
anderen teilen können.

Vorwort

Aus einem kleinen Buch mit rot-weiß kariertem Einband wurde eines der erfolgreichsten Bücher weltweit: Das Tagebuch der Anne Frank wird seit 1955 in Deutschland und vielen Teilen der Welt von Jugendlichen und Erwachsenen gelesen. Zu ihrem dreizehnten Geburtstag im Juni 1942 hatte Anne Frank das kleine, in Stoff gebundene Buch geschenkt bekommen, in dem sie noch am selben Tag in niederländischer Sprache zu schreiben begann. Anne war in Frankfurt geboren worden, aber im Alter von vier Jahren mit ihrer Familie vor den Nazis nach Amsterdam geflohen. Das Tagebuch wurde zu einem Dokument der Verfolgung ihrer Familie und aller in Amsterdam lebenden Jüdinnen und Juden. Denn kurz nach Annes Geburtstag sollte die Familie sich zur Deportation nach Deutschland melden. Die Eltern ahnten, was das bedeutete, und der Vater organisierte mithilfe von Freunden und Mitarbeitern ein Versteck im Hinterhaus seiner Firma an der Prinsengracht. Zwei Jahre lang ging alles gut, und die Familie überlebte diese Zeit gemeinsam mit einigen anderen im Versteck. Zwar mussten sie mit wenig Essen auskommen, auf engstem Raum leben und waren tagsüber zum absoluten Stillhalten gezwungen, aber immerhin waren sie zusammen und für den Moment sicher. Anne vertraute ihrem Tagebuch all ihre Sorgen, Wünsche und Hoffnungen an – und ihre Aufzeichnungen fanden nach dem Krieg nicht nur eine große Leserschaft, sondern wurden auch verfilmt und in Graphic Novels nacherzählt.

Annes Geschichte hatte kein Happy End, und ihr Tagebuch endet plötzlich im August 1944. Damals wurden die Bewohner des Hinterhauses verraten und in das Durchgangslager Westerbork verschleppt. Im Herbst 1944 kam Anne gemeinsam mit ihrer älteren Schwester Margot und den Eltern in das Konzentrations- und Vernichtungslager Auschwitz.

Etwa zur selben Zeit kam auch Rena Finder mit ihrer Mutter in Auschwitz an. Wie Anne hatte auch sie das Glück, bereits fünfzehn Jahre alt zu sein und damit bei ihrer Ankunft zur Zwangsarbeit eingeteilt und nicht in die Gaskammer geschickt zu werden.

Rena Finders Geschichte beginnt dort, wo Anne Franks Tagebuch endet. Zufällig waren die beiden Mädchen fast gleich alt. Wie Anne wurde Rena im Jahr 1929 geboren, allerdings nicht in Deutschland, sondern im polnischen Krakau, nicht weit entfernt von Auschwitz – Oświęcim, einem Ort, der einmal eine jüdische Gemeinde beherbergt hatte. Rena und Anne hätten sich im Herbst 1944 in Auschwitz-Birkenau begegnen können, und vielleicht taten sie das auch? Vielleicht hätten sie einander über alle Sprachbarrieren hinweg gemocht? Beide verband, dass sie nur einige Wochen in der Todesfabrik Auschwitz blieben. Anne verließ das Lager auf einem »Todesmarsch«, einem Zug von Häftlingen, die von der SS durch Winter und Kälte, unzureichend gekleidet und fast verhungert, nach Westen getrieben wurden. Die Befreiung durch die Alliierten erlebte sie nicht mehr. Sie und ihre Schwester Margot starben im Winter 1945 an Krankheit und Hunger im Lager Bergen-Belsen, nicht weit von Hannover.

Rena hätte beinahe dasselbe Schicksal wie Anne ereilt, wäre da nicht Oskar Schindler gewesen. Gemeinsam mit seiner Frau Emilie rettete er Rena, ihre Mutter und viele andere Jüdinnen und Juden. Ihm ist einer der berühmtesten Spielfilme über den Holocaust gewidmet: *Schindlers Liste*.

Der Regisseur, Steven Spielberg, ließ den Gewinn dieses sehr erfolgreichen Films in ein weltweites Interviewprojekt fließen, die Shoa-Foundation. Seit 1994 wurden in diesem Rahmen über 52 000 Menschen aus 56 Ländern in 32 Sprachen interviewt, unter ihnen auch Rena Finder. Die Menschen erzählen in diesen Gesprächen von den Städten und den Wohnungen, in denen sie aufgewachsen sind, von ihrem Leben, bevor Hitler in Deutschland an die Macht kam und fast ganz Europa in einen zerstörerischen Krieg verwickelte, von ihrer Verfolgung und von ihren ermordeten Angehörigen. Manche von ihnen wurden verfolgt, weil sie jüdisch waren oder der Volksgruppe der Roma und Sinti angehörten, andere weil sie homosexuell waren oder weil sie mit einer Behinderung oder Krankheit geboren worden waren – wiederum andere, weil sie sich gegen Hitler und die Nationalsozialisten aufgelehnt haben. Manche von ihnen hatten in Griechenland gelebt oder in Spanien, andere in Frankreich oder Italien. Oder sie stammten, wie Rena, aus Polen, wo vor dem Krieg besonders viele Juden gelebt hatten.

Renas Heimatstadt Krakau war ein jüdisches Zentrum, ebenso wie die Hauptstadt der Republik Polen, Warschau. Dort gab es jüdische Zeitungen, Verlage, Bibliotheken, Theater und Schulen. Viele Menschen lebten auch auf dem Land, in Kleinstädten, dem »shtetl«, wie es auf Jiddisch heißt, wo die Mehrheit der Bevölkerung jüdisch war. Jiddisch war die Muttersprache vieler polnischer Juden, eine Sprache, die im Mittelalter aus Deutsch, Hebräisch und slawischen Sprachen entstanden war. Oft waren die Juden in Polen fromm und sehr arm, andere wie Renas Familie waren weder arm noch reich, sie feierten die jüdischen Feiertage und waren zugleich ganz zu Hause in Polen. Viele sprachen auch Deutsch und waren begeisterte Fans von deutscher Literatur, Musik und Theater.

Rena Finders Geschichte erzählt von ihnen, und von den Abertausenden Kindern und Jugendlichen, die nichts hinterlassen haben – oder deren Aufzeichnungen nicht so bekannt sind wie Anne Franks Tagebuch: Kinder, die wie Rena gezwungen wurden, in Ghettos zu ziehen, mit anderen Familien in einem Zimmer zu hausen, und die schon als Kinder Zwangsarbeit für die Deutschen leisten mussten. Denn die Nazis hatten ein riesiges System von unfreiwilliger Arbeit aufgebaut: Rund 20 Millionen Menschen mussten in Deutschland und in den besetzten Gebieten überall in Europa umsonst für deutsche Firmen arbeiten – in der Landwirtschaft und der Industrie, in Fabriken und Lagern, für bekannte Firmen, die es auch heutzutage noch gibt. Worüber wir bis heute wenig wissen, ist, dass rund eine Million jüdischer Kinder Zwangsarbeit leisten mussten – bis 1944 ab dem vierzehnten Lebensjahr, danach waren sie zum Teil erst zehn Jahre jung. Nur wenige von ihnen haben die Gräuel dieser Ausbeutung überlebt, man vermutet nicht mehr als 175 000.

Rena Finder hatte das große Glück, dass sie und ihre Mutter von Oskar und Emilie Schindler gerettet wurden. Oskar Schindler war kein Heiliger – wie viele andere Unternehmer wollte er in erster Linie von dem Sklavensystem profitieren, das im »Dritten Reich« eingerichtet wurde. Doch von Jahr zu Jahr begann er sich mehr um seine jüdischen Arbeiterinnen und Arbeiter zu sorgen. Er fuhr nach Ungarn und traf sich mit ungarischen Juden, um mit ihnen über Rettungsmöglichkeiten zu sprechen.

Die Schindlers wurden unterstützt von Itzhak Stern, Oskars Buchhalter, und von Mieczysław Pemper. Mietek, wie ihn alle nannten, stammte wie Rena aus Krakau. Im Lager Plaszow musste er als Schreiber für den brutalen Lagerkommandanten Amon Göth arbeiten. Er ließ Oskar Schindler und Itzhak Stern wichtige Informationen zukommen. Nach dem Krieg lebte Mietek Pemper in Augsburg, seine Erinnerungen trugen wesentlich dazu bei, den Film *Schindlers Liste* zu drehen. Ihm ist zu verdanken, dass Oskar Schindler und die Menschen, die er gerettet hat, nicht vergessen sind.

Insgesamt 1200 »Schindlerjuden«, Frauen, Männer und Kinder, überlebten dank Oskar Schindlers Liste die Lager. Wie Rena gründeten sie Familien, hatten Kinder oder Enkelkinder – in den USA, in Israel, manche, wie Mietek, sogar in Deutschland. Sie gehörten zum »Rest der Geretteten«, den »Sche'erit ha-pleta«, wie sich die wenigen jüdischen Überlebenden des Holocaust nach dem Krieg nannten. Die Kinder unter ihnen, wie Rena, gehören heute zu den allerletzten Zeitzeugen, die ihre Geschichte erzählen können. Oskar Schindler wurde nach dem Krieg in Israel für seine Rettungsaktion geehrt, in Deutschland erinnerte man sich erst an ihn, als in Hollywood während der 1960er-Jahre zum ersten Mal über eine Verfilmung seines Lebens gesprochen wurde. Gemeinsam mit seiner Frau Emilie gehörte er zu den wenigen Menschen, die Jüdinnen und Juden vor dem sicheren Tod gerettet haben. Ohne die Hilfe solcher »Gerechten unter den Völkern« war ein Überleben fast unmöglich, denn zu überleben war die Ausnahme. Davon erzählt Renas Geschichte – und über vieles mehr.

Mirjam Zadoff — München, im November 2021

1

Oktober 1944
Vernichtungslager Auschwitz

Bitterkalt war es an jenem Abend, als deutsche Polizisten mich und meine Mutter zwangen, in einen Viehwaggon zu steigen, und uns vom polnischen Plaszow nach Auschwitz schickten, dem größten aller Todeslager der Nazis. Der Zug bestand aus zwei Viehwaggons. In jedem der beiden Wagen drängten sich einhundertfünfzig Frauen dicht an dicht. Ich war fünfzehn Jahre alt, eine der Jüngsten. Spät in der Nacht erreichten wir Auschwitz. Aufseher rissen die Türen der Waggons auf und befahlen uns schreiend, hinauszuspringen. Dann ließen sie uns bis zu einer langen, hölzernen Baracke marschieren, an deren Innenwänden Bänke aufgereiht waren.

»Zieht all eure Kleider aus!«, schrien die Aufseher. »Ihr werdet später hierher zurückgebracht, damit ihr eure Sachen holen könnt – nach eurer Dusche.«

Sie schoben uns in einen Raum, der etwa sechs Meter breit und sechs Meter lang war. Es war finster dort, doch wir sahen, dass Rohrleitungen entlang der Decke verliefen. Zu Hause in Krakau hatten wir schaurige Gerüchte darüber gehört, was mit den Juden in den Konzentrationslagern geschah. Was für eine Art Dusche war das hier? Würden wir sterben?

Wenn man nicht da gewesen ist, im Todeslager von Auschwitz, dann kann man es sich nicht vorstellen, und ich kann es auch nicht wirklich beschreiben. Dennoch habe ich den Großteil meines Erwachsenenlebens versucht, so gut es ging über den Holocaust zu berichten – in Schulen und Colleges, vor Kirchengruppen und in Synagogen. Wie viele andere Überlebende fühle auch ich mich dazu verpflichtet, meine Geschichte wieder und wieder zu erzählen.

Der Holocaust war die wissenschaftlich geplante, staatlich finanzierte Ermordung des jüdischen Volkes durch Nazi-Deutschland und seine Verbündeten. Der Holocaust sollte niemals in Vergessenheit geraten, und Derartiges darf niemals wieder geschehen – doch wie können wir uns dagegen absichern? Ihr, liebe Leserinnen und Leser, könnt dabei helfen. Wenn auch nur eine Person mutig genug ist, sich für Unschuldige einzusetzen, kann das bereits eine Menge verändern.

Ich sollte es wissen. Mein Überleben habe ich einem Menschen zu verdanken, der sich weigerte, einfach nur zuzuschauen und nichts zu tun. Sein Name war Oskar Schindler.

2

Die 1930er-Jahre
Eine andere Welt

Um die Geschichte zu verstehen, die ich erzählen will, wird es euch helfen, etwas über meine Kindheit zu erfahren und über den Ort, aus dem ich stamme. Ihr dürft dabei nicht vergessen, dass ich mittlerweile über neunzig Jahre alt bin. Dies hier sind die Erinnerungen eines Mädchens im frühen Teenageralter, und manche Erinnerungen verändern sich mit der Zeit. Ich kann euch nicht versprechen, dass alles exakt so passiert ist, wie ich es im Gedächtnis habe. Nach so vielen Jahren kann ich mich an so manche Einzelheit vielleicht nicht mehr ganz genau erinnern. Was ich euch jedoch versprechen kann, ist, dass alles, was ich euch erzähle, wahrhaftig ist und dass diese Dinge wirklich geschehen sind.

Ich wurde 1929 in Krakau geboren, in Polens einstiger Hauptstadt. Krakau war ein Zentrum des künstlerischen und kulturellen Lebens. Es gab eine berühmte Universität, die von Studierenden aus der ganzen Welt besucht wurde. Elektrische Straßenbahnen fuhren kreuz und quer durch die Stadt und brachten die Menschen zu ihren Büros, zu den Museen oder Bibliotheken.

Ich lebte mit meiner Mutter Rosa und meinem Vater Moses in einem von Krakaus zahlreichen Mietshäusern. Das Gebäude stand direkt neben einem Franziskanerkloster, und bis zum Stadtzentrum waren es nur wenige Häuserblocks. Unterhalb unserer Wohnung, die im dritten Stock lag, ging es vom Absatz des Treppenhauses auf einen Balkon hinaus. Von diesem Balkon aus konnte ich in den Garten des Klosters schauen, in dem Obstbäume standen und blühende Sträucher wuchsen. In den frühen Morgenstunden schritten Mönche in langen braunen Kutten bedächtig durch den Garten und beteten mithilfe ihrer Gebetsketten, die aus Holzperlen bestanden. Meine frühesten Kindheitserinnerungen sind, zum überwiegenden Teil, genau wie dieser Obstgarten: beschaulich und schön.

Im Schlafzimmer meiner Eltern stand ein riesiger hölzerner Kleiderschrank. In der Küche gab es einen gusseisernen Herd, der mit Kohle befeuert wurde. Einmal in der Woche kam eine Frau zu uns, um sauber zu machen, und an kalten Tagen nahm sie einen Metalleimer, lief vier marmorne Treppenabschnitte bis in den Keller hinunter, füllte den Eimer mit Kohlen und trug ihn wieder nach oben. Drei Kohleöfen sorgten in der gesamten Wohnung für eine behagliche Wärme.

Ich erinnere mich noch an weitere Einzelheiten aus meiner Kindheit. Wir sprachen zu Hause hauptsächlich Polnisch, aber meine Mutter engagierte einen Privatlehrer, der mir Deutsch beibrachte. Aufgrund all der schrecklichen Dinge, die mir und meiner Familie durch Nazi-Deutschland widerfahren sind, wollte ich später, als ich nach Amerika kam, niemals wieder jemanden Deutsch reden hören.

Mein Vater war ein guter Mensch: liebevoll, aufmerksam gegenüber mir und meiner Mutter und immer darauf bedacht, anderen Gutes zu tun. Er verdiente unseren Lebensunterhalt als Handelsvertreter einer Firma, die Operationsbestecke und sonstigen Krankenhausbedarf produzierte. Montagmorgens stieg er in den Zug und verließ Krakau, um Kunden außerhalb der Stadt zu besuchen, und jeden Freitag kehrte er pünktlich zu Beginn des Sabbats nach Hause zurück. Der Sabbat – die Zeit zwischen dem Sonnenuntergang am Freitag und dem Sonnenuntergang am Samstag – ist für Juden schon immer der bedeutendste Teil der Woche gewesen. Praktizierende Juden widmen sich in diesen vierundzwanzig Stunden ihrem religiösen Studium und arbeiten nicht. Selbst einen Lichtschalter zu betätigen, wird als Arbeit betrachtet und ist ihnen am Sabbat verboten.

Ich war ein Einzelkind; dafür hatte meine Mutter sechs und mein Vater gleich sieben Geschwister. Die Eltern meiner Mutter, Hannah und Isaac, lebten in ihrer eigenen Wohnung, gleich um die Ecke von uns. Ich hatte Cousinen und Cousins, die auf der anderen Seite der Weichsel wohnten, die durch Krakau fließt; und die Geschwister meiner Mutter lebten in Deutschland, im etwa acht Stunden Zugfahrt entfernten Berlin. Als Kind war ich also von einer großen Familie umgeben. Im Sommer kamen wir alle zusammen und mieteten ein Ferienhaus in einem Dorf namens Zawoja, nahe dem berühmten Gebirgsmassiv Babia Góra. Dort wanderten wir, schwammen in Flüssen, ernteten saftige Erdbeeren und sammelten Waldpilze.

In dem Dorf gab es eine ältere Frau, die an Sommertagen auf uns aufpasste, wenn meine Eltern, meine Tanten und Onkel zum Wandern ins Gebirge gingen. Eines Tages, als die Erwachsenen bergsteigen waren, verdunkelte sich der Himmel, ein heftiger Regen setzte ein, und Donner ließ die Fensterscheiben erzittern. Wir Kinder hatten gar keine so große Furcht, doch unsere Kinderfrau war völlig verängstigt und bestand darauf, dass wir alle zusammen auf die Knie fielen und beteten. Es fühlte sich komisch an – was wusste ein

Haufen jüdischer Kinder schon von christlichen Gebeten? –, aber wir haben es trotzdem getan, um ihr eine Freude zu machen.

Heutzutage, wenn ich eingeladen werde, um über meine Kindheit zu sprechen, fragen mich die Schülerinnen und Schüler häufig, ob ich zu diesem Zeitpunkt schon Erfahrungen mit Antisemitismus gemacht hatte. Ja, das hatte ich. Viele unserer Nachbarn hielten mit ihrem Hass auf Juden nicht hinter dem Berg. Natürlich hat jede Person, die den Holocaust überstanden hat, ihre ganz eigenen Erinnerungen. Und je nachdem, wo die Leute aufgewachsen sind und wie sie behandelt wurden, konnte die Situation eine andere sein. Ich bin in Krakau groß geworden, und dort trat der Antisemitismus sehr deutlich zutage. Man konnte ihn in den Gesichtern der Leute erkennen, wenn sie einen anblickten. Manchmal schauten sie dich nicht nur an, sondern taten Schlimmeres – wie ich herausfand, als ich sechs Jahre alt war und in die Schule kam.

Krakau hatte eine große jüdische Gemeinde, etwa 60 000 der 200 000 Einwohner waren Juden. Es gab eine jüdische Privatschule für Mädchen, doch die lag einige Kilometer von unserer Wohnung entfernt, und meinen Eltern gefiel die Vorstellung nicht, dass ich alleine eine so weite Strecke laufen würde. Stattdessen schickten sie mich auf eine öffentliche Schule, die bei uns um die Ecke war. Die Schule lag so nah an unserem Haus, dass sich meine Mutter, wenn sie wissen wollte, ob es mir gut ging, auf den Balkon unserer Wohnung stellen und mir beim Spielen auf dem Schulhof zusehen konnte.

An meinem ersten Tag dort spielten ein paar von uns Fünf- und Sechsjährigen Hüpfkästchen. Ohne Vorwarnung hob eines der Mädchen einen Stein auf und warf ihn nach mir.

»Verschwinde, du dreckige Jüdin!«, schrie es.

Hatte ich sie richtig verstanden? Ich war zu schockiert, um etwas zu sagen.

Als die Schule am Nachmittag zu Ende war, rannte ich nach Hause und erzählte meiner Mutter, was passiert war. »Warum hat das Mädchen gesagt, ich bin dreckig?«, wollte ich von ihr wissen. »Ich bin nicht dreckig. Ich habe doch heute Morgen erst geduscht!«

Meine Mutter erklärte mir, dass manche Leute uns als *dreckig* bezeichneten, weil unsere Religion eine andere war als ihre und sie uns nicht mochten. Das verstand ich nicht, aber was wusste ich als Sechsjährige schon von der Welt? Ich mochte jeden und war glücklich, wenn ich mit den anderen Mädchen in der Schule spielen konnte ... Wen kümmerte es, welcher Religion sie angehörten?

Am nächsten Tag nahm meine Mutter mich bei der Hand und ging mit mir zur örtlichen Bibliothek. Sie suchte nach einem Buch, in dem etwas über Antisemitismus erklärt würde. Ich weiß nicht mehr, ob sie ein solches Buch gefunden hat, aber ich weiß noch, was sie zu mir sagte: »Im Leben werden dich nicht alle Leute gernhaben, und auch du wirst nicht alle Leute gernhaben. Aber das ist kein Grund, diese Leute zu hassen.«

Meine Mutter und mein Vater pflegten ein freundschaftliches Verhältnis zu der Frau, die unser Wohnhaus verwaltete. Sie hatte drei Söhne. Meine Eltern halfen den Söhnen, eine Anstellung zu finden, und aus Dankbarkeit lud sie uns zum Weihnachtsessen mit ihrer Familie ein. Trotzdem – eine solche Freundschaft zwischen Juden und Nichtjuden war eine Seltenheit.

Unsere Familie reichte in Polen viele Generationen zurück, und meine Eltern waren überzeugte Patrioten. Wir liebten unser Land. Zigmund, der älteste Bruder meiner Mutter, hatte im Ersten Weltkrieg als Chirurg in der polnischen Armee gedient. Als er auf dem

Schlachtfeld starb, verlieh ihm die Armee einen ihrer angesehensten Orden. Ich habe Onkel Zigmunds Orden mit in die Schule genommen, um damit anzugeben. Aber dass man einen Kriegshelden zum Onkel hatte, spielte keine Rolle für jene Kinder, deren Eltern sie gelehrt hatten, Juden zu hassen. Die jüdischen Schülerinnen mussten immer auf der Hut vor Steinewerfern sein.

Irgendwann im Frühling des Jahres 1938 – ich war neun Jahre alt – besuchten uns meine Tante Helen, mein Onkel Benjamin und ihre beiden Kinder Rita und Jenny aus Berlin. Am Abend warteten die Erwachsenen, bis sie davon ausgehen konnten, dass wir Kinder schliefen. Dann unterhielten sie sich flüsternd über Adolf Hitler, den deutschen Diktator, und über die grässlichen Dinge, die seine Partei, die NSDAP*, den Juden antat. Meine Tante und mein Onkel sagten, sie befürchteten, dass die Nazis sie zur Aufgabe ihrer Schneiderei zwingen und in ein Konzentrationslager schicken würden.

Ich hatte keine Vorstellung davon, was das bedeutete. Was war ein Konzentrationslager? Konnte auch nur irgendetwas davon wahr sein? Das Ganze war so beängstigend, dass ich in dieser Nacht kein Auge zutat.

* Die Abkürzung NSDAP steht für Nationalsozialistische Deutsche Arbeiterpartei. Die dahinterstehende Ideologie war der Nationalsozialismus (abgekürzt: NS), ihre Anhänger hießen Nationalsozialisten, umgangssprachlich auch (oft abwertend) Nazis genannt.

3

1939
Krieg

Am 1. September 1939 fiel die deutsche Armee in Polen ein. Meine Familie machte zu dieser Zeit gerade Ferien nahe des Babia Góra, und wir erfuhren die Neuigkeiten aus unserem Radio. Mein Vater war unterwegs auf Geschäftsreise. Auch er hatte die Nachrichten im Radio gehört und beendete seine Dienstreise vorzeitig, um zu uns ins Sommerhaus zu kommen. »Wir müssen sofort nach Krakau zurück«, sagte er. Wir warfen unsere Kleider in die Koffer und machten uns auf den Weg zum Bahnhof, wo bereits Hunderte von Menschen darauf warteten, nach Hause fahren zu können. Meine Familie und ich konnten uns gerade noch in ein überfülltes Abteil quetschen, dann fuhr der Zug Richtung Krakau ab.

Einige Stunden später erreichten wir den Krakauer Bahnhof. Die Luft war erfüllt vom Geheul der Luftschutzsirenen und dem Dröhnen der deutschen Kampfflugzeuge, die über die Stadt flogen. Wir beeilten uns, nach Hause zu kommen. Dort liefen wir mit anderen Mietern die Treppen hinunter in den Luftschutzbunker, der im Keller lag. Durch die Kellerwände hindurch hörten wir, wie in der Ferne die Bomben explodierten. Die deutschen Streitkräfte rückten vor. Irgendwann war der Bombenangriff zu Ende, und wir stiegen hinauf in unsere Wohnung, voller Angst vor dem, was als Nächstes passieren könnte.

In der ersten Septemberwoche wurde Krakau von der deutschen Armee besetzt. Die Soldaten paradierten durch die Stadt und stampften mit ihren Stiefeln über das Straßenpflaster, während Panzer durch die Straßen rollten und den Boden wie bei einem Erdbeben erzittern ließen.

Hitler hasste Juden. Das hatten wir schon seit geraumer Zeit gewusst. Doch nun besetzten seine Truppen unsere Stadt, und mein Vater und seine Brüder trafen sich in unserer Wohnung, um zu beratschlagen, was zu tun sei. Bestimmt, so dachten sie alle, würden die Deutschen den Frauen und Kindern nichts zuleide tun. Es seien wohl die Männer, die in Gefahr waren und davonlaufen sollten.

»Macht euch keine Sorgen«, sagten sie deshalb zu uns. »Die deutsche Invasion wird nicht lange dauern, und bald werden wir wieder alle zusammen sein.«

Mein Vater und seine Brüder stopften Lebensmittel und Kleidung in Rucksäcke, küssten uns zum Abschied, schlossen sich auf der Straße anderen Männern aus der Nachbarschaft an und verließen zusammen mit ihnen die Stadt. Ich wusste nicht, ob ich meinen Vater jemals wiedersehen würde.

Die Wochen vergingen ohne irgendeine Nachricht, ob mein Vater noch lebte oder nicht. Dann, zwei Monate nachdem er Krakau verlassen hatte, stand ich gerade vor unserem Haus, als einer der Männer aus unserer Straße heimkehrte. Wenn unser Nachbar wieder da war, sagte ich mir, dann würde mein Vater vielleicht auch bald nach Hause kommen. Und am nächsten Tag tat er das auch. Meine Mutter und ich umarmten und küssten ihn, als ob er von den Toten auferstanden wäre.

Die einzige Möglichkeit für uns, in Krakau zu bleiben und nicht deportiert oder ermordet zu werden, bestand nun darin, dass mein Vater eine Arbeitserlaubnis erhielt. Wir wussten, dass wir getötet werden könnten, denn in den Straßen und an den Zeitungskiosken hatten die Nazis große Plakate aufgehängt, auf denen Juden vor den Folgen gewarnt wurden, sollten sie ohne Genehmigung in der Stadt bleiben. Eine Arbeitserlaubnis war ein Ausweis, auf dem die deutschen Besatzer bestätigten, dass man in einem Bereich arbeitete, der für die Nazis wichtig war – etwa im Baugewerbe oder im Handel. Mein Vater hatte zuletzt für ein Unternehmen gearbeitet, das Arzneimittel herstellte, und war als Vertreter von Apotheke zu Apotheke gereist, um dessen Produkte zu verkaufen. Doch diese und andere Anstellungen waren für Juden mittlerweile verboten, und mein Vater war arbeitslos geworden.

Einer der Söhne unserer Hausverwalterin war inzwischen Chef der Firma, bei der mein Vater früher tätig gewesen war. Mit der Unterstützung dieses Mannes erhielt mein Vater seine alte Stelle als Vertreter für Krankenhausbedarf zurück, die ihn wiederum für eine Arbeitserlaubnis qualifizierte. Zumindest für den Moment war es uns also offiziell erlaubt, in Krakau zu bleiben.

Doch das bedeutete nicht, dass wir in Sicherheit gewesen wären. Während der deutschen Besatzung Polens wurde das Leben für Juden von Tag zu Tag gefährlicher. Einmal beispielsweise kaufte mein Vater mir einen Hundewelpen. Meine Mutter war nicht besonders glücklich darüber. Sie sagte: »Wenn dieser Welpe da mit seinen Hinterlassenschaften meinen Boden ruiniert, wirst du ihn weggeben müssen.« Ich hatte keine Ahnung, wie ich einen Hund stubenrein bekommen sollte. Jeden Abend ging ich mit dem Welpen spazieren, damit er sein Geschäft nicht in unserer Wohnung verrichtete. Zu diesem Zeitpunkt hatten die Deutschen eine Ausgangssperre verhängt, was bedeutete, dass es Juden nach einer bestimmten Uhrzeit nicht mehr erlaubt war, sich auf der Straße aufzuhalten. Eines Abends war ich mit dem Hund etwas später als üblich Gassi gegangen, als zwei deutsche Offiziere auf mich zukamen und mich aufforderten, stehen zu bleiben.

»Was machst du so spät noch draußen?«, fragte einer von ihnen.

Ich war so erschrocken, dass ich kaum ein Wort herausbrachte. Ich zeigte auf meinen Hund.

»Ab nach Hause!«, brüllte der Soldat. »Und geh nie wieder so spät vor die Tür!«

Ich hatte furchtbare Angst. Von einem Fenster unserer Wohnung aus hatten meine Eltern alles beobachtet. Am nächsten Tag gaben sie den Welpen weg; er kam zu der Frau, die uns und den anderen Hausbewohnern die Milch lieferte. Ich gab keine Widerworte. Ich hatte die Wahl, mein Haustier zu verlieren – oder womöglich mein Leben.

Ende 1939, ich war nun zehn Jahre alt, wurde das Leben für die Krakauer Juden immer schlimmer. Man hatte den Eindruck, dass jeden Tag ein neues Gesetz gegen uns erlassen wurde. Eines Tages legten die Deutschen fest, dass wir fortan keine Radios und Fahrräder mehr besitzen durften. Dann verkündeten sie, dass es Juden nicht mehr erlaubt war, Gottesdienste zu feiern. Falls sie uns beim Ausüben unserer Religion erwischten, würde das die sofortige Deportation oder den Tod bedeuten.

Nachdem diese Verordnung in Kraft getreten war, hielten wir geheime Gottesdienste in unserer Wohnung ab. Manchmal, wenn die Erwachsenen oben waren, um zu beten, standen die Kinder unten auf der Straße und passten auf, dass keine Deutschen kamen. Näherte sich ein Soldat, gaben die auf der Straße stehenden Kinder anderen, die am Fenster im zweiten Stock warteten, ein Zeichen. Diese Kinder liefen dann hoch zu den Erwachsenen und sagten ihnen Bescheid, woraufhin alle ihre Gebetsbücher und Gebetsschals versteckten.

Irgendwann wurde den Juden befohlen, weiße Armbinden zu tragen, auf die ein blauer Davidstern genäht war. Der Davidstern ist ein Symbol des Judentums, und weil die Nazis die Juden nicht als richtige Menschen ansahen, wollten sie durch die Armbinde auch jeden anderen wissen lassen: »Diese Person ist kein vollwertiger Mensch.«

Im Dezember 1939 gaben die deutschen Besatzer bekannt, dass jüdische Kinder nicht mehr länger zur Schule gehen durften. Meine Klassenkameradinnen und ich waren noch sehr jung, und unsere Eltern wollten, dass wir den Unterricht fortsetzten. Sie nahmen heimlich Kontakt mit Lehrern auf und bezahlten sie dafür, dass sie mir und meinen jüdischen Freundinnen Privatstunden gaben. Um keine Aufmerksamkeit auf diese illegalen Klassen zu lenken, trafen wir uns jeden Tag bei jemand anderem zu Hause und versteckten unsere Bücher und Unterlagen, damit niemand erfuhr, was wir taten.

Als Nächstes durften Juden nicht mehr mit den öffentlichen Verkehrsmitteln fahren. Uns wurde sogar verboten, die Gehwege zu benutzen – stattdessen mussten wir in der Straßenrinne laufen.

Doch es sollte noch schlimmer kommen. Die Polizei warf jüdische Ladenbesitzer aus ihren Geschäften und übergab diese an nichtjüdische Polen. Dann froren sie die Bankkonten der jüdischen Familien ein. Jetzt, ohne Einnahmequelle und ohne Zugang zu unseren Ersparnissen, mussten wir mit dem, was auch immer wir noch an Bargeld übrig hatten, sehr sparsam umgehen.

Ein weiteres neues Gesetz untersagte es den Polen, mit Juden Geschäfte jedweder Art zu machen. Das bedeutete, dass sich nicht einmal jene Juden, die noch über ein wenig Bargeld verfügten, in den Lebensmittelläden etwas zu essen kaufen konnten. Bei uns um die Ecke gab es eine Bäckerei, dort stellte ich mich um 3 Uhr morgens in die Schlange und hoffte, dass der Bäcker dennoch einwilligte, mir ein kleines Brot zu verkaufen. Der einzige Ort, an dem wir uns noch etwas zu essen kaufen konnten, war der Schwarzmarkt. Das heißt, wir besorgten uns Lebensmittel bei Menschen, die diese illegal verkauften. Wäre das Ganze aufgeflogen, hätte man uns und diese Leute verhaftet und verprügelt – oder es wäre noch Schlimmeres geschehen.

Europaweit nahmen die deutschen Streitkräfte ein Land nach dem anderen ein, und nach Krakau drangen Gerüchte durch, dass die Juden in diesen Ländern zu Zehntausenden ermordet würden. Wir beruhigten uns damit, dass der Rest der Welt ganz sicher mitbekommen würde, was vor sich ging. Bestimmt würde England uns bald beistehen, vielleicht auch Frankreich oder die Vereinigten Staaten. Aber wo waren sie? Wo war der Rest der Welt? Wie lange würden wir noch leiden müssen? Könnte es überhaupt noch schlimmer werden?

4

1940/1941
Im Krakauer Ghetto

Bis zum Frühjahr 1940 hatten die Deutschen durchgesetzt, dass alle jüdischen Einwohner Krakaus jeden Tag schwere Arbeit verrichten mussten. Das betraf auch die älteren Leute, denen man befahl, die Straßen zu säubern. Kein Jude und keine Jüdin war mehr sicher. Mehrmals war ich Zeugin davon, wie die Deutschen jemanden auf der Straße aufgriffen und wegbringen ließen. Sie hielten insbesondere Ausschau nach Männern mit Bärten und Schläfenlocken – langen gelockten Haaren, die seitlich vom Kopf herabhingen. Diese Männer waren orthodoxe Juden, die sich als Zeichen ihres tiefen Gottesglaubens die Haare auf diese Art wachsen ließen. Die deutschen Soldaten schnappten sie sich, schnitten ihnen die Haare ab und fuhren sie auf Lastwagen davon. Die Erwachsenen haben uns nie erzählt, wo diese Männer hingebracht wurden. Sie wollten uns die grausame Wahrheit ersparen.

Eines Morgens mussten meine Eltern und ich eine Genehmigung beantragen, um in Krakau bleiben zu dürfen. Kindern unter zwölf Jahren war der Aufenthalt in der Stadt nicht länger gestattet, und ich war kaum elf. Glücklicherweise war ich groß für mein Alter, und mein Vater änderte meine Geburtsurkunde, um angeben zu können, dass ich zwölf sei. Wir fanden uns in der Behörde ein und stellten uns dort mit rund zweitausend anderen Menschen, die alle auf ihre Genehmigung warteten, in einer Reihe an. Hunderte von deutschen Soldaten, bewaffnet mit Gewehren und Revolvern, liefen an der Warteschlange auf und ab. Viele von ihnen führten riesige Hunde an der Leine. Niemals zuvor hatte ich derart große Hunde gesehen.

Gerade als der Bevollmächtigte uns die Aufenthaltserlaubnis aushändigen wollte, kamen Lastwagen herangefahren. Soldaten sprangen von den Ladeflächen und liefen auf die Menschen zu, die noch anstanden. Sie holten die jüdischen Männer aus der Schlange und stießen sie in die Lastwagen. Ehemänner und Väter wurden von ihren Familien fortgezerrt, und die Leute weinten und schrien. Die Deutschen schossen in die Luft, um die Menge zum Schweigen zu bringen, und ihre scharfen Hunde bellten. Wir hatten entsetzliche Angst.

Keine fünfhundert Meter von diesem Chaos und den Schreien entfernt, auf einer der Hauptstraßen der Stadt, gingen die nichtjüdischen Einwohner Krakaus ihren alltäglichen Besorgungen nach, als ob nichts wäre, als ob wir Juden gar nicht existierten. Außerhalb des Bereichs, in dem diese Festnahmen stattfanden, taten die Leute so, als ob sie nichts hören und sehen würden. Wie ist das möglich?, fragte ich mich. Sind wir nicht alle polnische Bürger? Mein Vater und seine Brüder hatten im Ersten Weltkrieg für Polen gekämpft. Und doch drehten uns jetzt unsere Mitbürger – die Menschen, für die meine Familie einst gekämpft hatte – einfach den Rücken zu.

Kurz bevor die Soldaten auch meinen Vater mitnehmen konnten, stempelte der Bevollmächtigte unsere Papiere ab und reichte sie uns. »Sie können in Krakau bleiben«, sagte er zu meinem Vater.

»Aber Sie müssen aus Ihrer Wohnung raus und mit Ihrer Familie ins Ghetto ziehen.«

Das Ghetto bestand aus einer Reihe von Straßen, die insgesamt dreihundertzwanzig Wohnhäuser zählten. Bevor sie zu einem Ghetto zusammengefasst worden waren, hatten in diesen Gebäuden etwa dreitausend Menschen gelebt. Die Deutschen hatten die ursprünglichen Bewohner woanders untergebracht und stopften mehr als sechzehntausend Juden in diesen nun völlig überfüllten Bezirk. An jeder Straßenecke der Stadt hingen Handzettel, auf denen stand, dass alle Juden spätestens zum 20. März in dieses Ghetto übersiedeln mussten.

Mein Vater kam mit einem Handwagen zu unserer Wohnung. Wir luden ihn voll mit Töpfen, Pfannen, Handtüchern, Decken und dem hölzernen Ehebett meiner Eltern. Wir übergaben unsere Wohnungsschlüssel der Hausverwalterin und verließen unser wundervolles Zuhause. Von unserem Wohngebäude bis ins Ghetto war es nur ein kurzer Fußmarsch von vielleicht zwanzig Minuten, aber das Ganze geschah im März, und es war noch immer kühl. Bevor wir aufbrachen, zogen wir uns so viele Kleidungsschichten wie möglich übereinander. Ich trug drei Paar Hosen und vier Pullover und kam mir darin vor wie ein Teddybär.

Unten auf der Straße blickte ich mich noch einmal nach unserem Haus um und weinte, weil ich *Anne auf Green Gables*, *Oliver Twist*, *David Copperfield* und viele andere meiner Lieblingsbücher zurücklassen musste. Ich hatte auch eine Sammlung von Shirley-Temple-Puppen, die ebenfalls in der Wohnung bleiben musste. So liefen wir durch die Straßen von Krakau und zogen den Wagen hinter uns her, der alles enthielt, was wir auf der Welt noch besaßen. Von den Bürgersteigen aus spuckten uns die Leute an, warfen Steine nach uns und schrien: »Gut, dass wir euch los sind! Verschwindet, ihr Juden – und kommt nie mehr zurück!« Wir hatten den Menschen nie etwas getan, und als ahnungslose Elfjährige konnte ich nicht verstehen, warum sie uns so sehr hassten.

Wir erreichten das Ghetto gemeinsam mit Hunderten anderer Juden, die Koffer und Decken trugen und was immer sie sonst noch schleppen konnten. Die Deutschen hatten rund um das Ghetto eine Backsteinmauer errichten lassen, die beinahe drei Meter hoch war. Überall patrouillierten deutsche Soldaten und polnische Polizisten. Als wir durch die Tore ins Ghetto traten, fühlte es sich an, als ob mein Leben zu Ende gehen würde.

Im Ghetto angekommen, führte mein Vater uns zu einem Haus, in dem bereits einer seiner Brüder wohnte. Es war ein altes, dreistöckiges Gebäude aus Stein. Die Menschen, die hineingingen oder herauskamen, machten alle ein düsteres Gesicht. Mein Onkel führte uns in seine Wohnung und lächelte uns halbherzig an. Niemand machte sich Illusionen über unsere furchtbare Lage. Dies hier war alles andere als ein fröhliches Familientreffen.

Die Wohnung war winzig: Sie bestand lediglich aus zwei engen Räumen und einer klitzekleinen Küche mit einem schmalen Waschbecken. Einige Wochen vor Ausbruch des Krieges waren meine Eltern mit mir im Kino gewesen, wo wir uns *Schneewittchen und die sieben Zwerge* angesehen hatten. Als ich nun dieses Miniatur-Waschbecken sah, sagte ich zu meiner Mutter: »Für Zwerge wäre es in Ordnung, aber wie soll das für uns alle hier reichen?«

Mein Onkel wohnte mit Frau und Kind in einem der Zimmer; ich wohnte mit meinem Vater und meiner Mutter im zweiten Raum – den wir, wie wir bald herausfanden, noch mit einer weiteren Familie namens Goldberg teilen mussten. Die Goldbergs waren zu dritt: eine Frau, ihr Mann und die Schwester des Mannes. Meine Eltern schraubten Haken in die Mitte der sich gegenüberliegenden Zimmerwände, zogen ein Seil von einem Haken zum anderen und warfen eine Decke über das Seil. So teilten sich sechs Leute ein einziges kleines Zimmer.

»Macht euch keine Sorgen«, sagte mein Vater, klang dabei aber nicht überzeugt. »Irgendjemand wird herausfinden, was gerade geschieht, und herkommen, um uns zu retten.« Doch niemand kam.

Die Deutschen hatten mittlerweile alle von Juden geführten Geschäfte in Krakau übernommen und einige davon hinter die Ghettomauern verlegt. Damen- und Herrenschneider, Schuhmacher und andere Leute, die früher ihren eigenen Laden besessen hatten, waren nun Zwangsarbeiter der Nazis, die ihnen keinen Lohn zahlten und sie Tag und Nacht schuften ließen.

Meine Mutter und ich wurden einem Druckereibetrieb zugeordnet. Jede Woche kamen von außerhalb des Ghettos Lastwagen angefahren, und Arbeiter luden Papierrollen ab, die genauso groß waren wie ich. Wir waren dafür zuständig, die Rollen in eine mächtige Maschine einzuhängen, die das Papier faltete und Notizbücher daraus machte. Die Notizbücher wurden gestapelt und zu Paketen verschnürt. Danach wurden die Notizbuchpakete wieder aus dem Ghetto hinausgebracht und an Schreibwarengeschäfte in den von den Nazis besetzten Städten in ganz Europa verkauft. In dieser Druckerei arbeiteten meine Mutter und ich täglich zwölf Stunden lang – sieben Tage pro Woche.

Eine Schwester meiner Mutter war mit ihrem Mann ebenfalls gezwungen worden, ins Ghetto zu ziehen. Ihre jüngste Tochter war ein hübsches fünfjähriges Mädchen namens Jenny, die wie eine kleine Schwester für mich wurde. Sie hatte blonde Haare, blaue Augen und war süß wie ein Engel. Damals habe ich es nicht gewusst, aber wie ich später erfuhr, kam es nur selten vor, dass sich im Ghetto Kinder in Jennys Alter aufhielten. Den Eltern jüngerer Kinder verweigerte man für gewöhnlich die Arbeitserlaubnis und deportierte sie ins Konzentrationslager, wo sie ermordet wurden. Jennys Eltern wussten, dass sie keine Wahl hatten: Wenn sie überleben sollte, mussten sie ihre kleine Tochter verstecken.

Am Tag, als meine Tante, mein Onkel und Jennys ältere Schwester deportiert wurden, verabschiedeten sie sich von Jenny, und von diesem Moment an hatten wir die Verantwortung für meine kleine Cousine. Jeden Morgen verließen alle aus unserer Wohnung das Haus, um ihren verschiedenen Arbeiten im Ghetto nachzugehen, während Jenny allein zurückblieb. Sie verstand, dass sie leise sein musste, aber was tat eine Fünfjährige wohl in den zwölf Stunden, in denen sie auf unsere Rückkehr wartete? Ich hatte keine Ahnung, und während ich den ganzen Tag lang in der Druckerei stand und Notizbücher stapelte, sorgte ich mich um Jenny und hoffte, dass sie noch immer in der Wohnung wäre, wenn wir zurückkämen.

Im Ghetto lernte ich ein Mädchen kennen, das für den Rest meines Lebens meine beste Freundin sein sollte. Ihr Name war Sonia. Sie war sechs Monate älter als ich und besuchte mit mir und zwei anderen Mädchen den heimlich organisierten Unterricht. Sonia und ich freundeten uns rasch an. Sie hatte eine ältere Schwester namens Blanca. Manchmal, wenn Blanca nicht hinsah, zeigte Sonia mir, wie sich ihre Schwester schminkte, was man damals bei Mädchen unseres Alters missbilligte. Sonia war ein fröhliches, abenteuerlustiges Mädchen – sie traute sich viel und suchte stets nach einem Silberstreif am Horizont. Doch an jenem Tag, an dem ihre Mutter ins Konzentrationslager Auschwitz gebracht wurde, konnte selbst Sonia keinen Silberstreif mehr entdecken.

Auschwitz war eines von rund tausend Lagern, die die Nazis zwischen 1933 und 1945 errichteten. Zu diesen Lagern gehörten Konzentrationslager, Arbeitslager, Kriegsgefangenenlager, Durchgangslager und jene Mordzentren, die Vernichtungslager oder auch Todeslager genannt wurden. 1942 hatten die Nationalsozialisten beschlossen, alle europäischen Juden zu ermorden. Im Mai dieses Jahres begannen die deutschen Besatzer deshalb damit, die Juden vom Krakauer Ghetto mit Zügen – wir nannten sie Transporte – zu Lagern in ganz Europa zu deportieren.

In einigen der Lager mussten sich die Häftlinge zu Tode arbeiten. In anderen wurden die Gefangenen in Gaskammern geschickt und starben durch die giftigen Dämpfe, woraufhin man ihre Leichen in den Öfen der dortigen Krematorien verbrannte. Die Nazis nannten diesen Massenmord an den Juden die »Endlösung der Judenfrage«. Und Auschwitz war das größte Vernichtungslager der Nazis.

Abends, im Ghetto, saßen meine Mutter, mein Vater, Jenny und ich in unserer winzigen Wohnung und aßen wässrige Suppe und ein wenig Brot. Jeden Moment hätten Soldaten auftauchen und uns in eines dieser Lager schicken können. Wenn Sonia und ich innerhalb des Ghettos von einem Ort zum anderen gehen mussten, war immer damit zu rechnen, dass Soldaten herüberkommen und uns erschießen könnten. Und so gingen wir nicht, sondern wir rannten, egal, wohin wir mussten. Im Ghetto war die Gefahr in jedem einzelnen Augenblick allgegenwärtig. Wir hätten jederzeit ermordet werden können. Wenn wir das Haus verließen, wussten wir nie, ob wir noch einmal zurückkehren würden.

Man konnte es einfach nicht wissen.

5

1942
Die Auflösung des Krakauer Ghettos

Den Tod hatten wir im Krakauer Ghetto tagtäglich vor Augen. Mein Vater hatte einen guten Freund, der Rudy hieß. Früher hatten sie immer zusammen Karten gespielt. Eines Tages kam mein Vater mit aschfahlem Gesicht nach Hause. Er erzählte uns, dass er und Rudy vor dem Krankenhaus des Ghettos gestanden hatten, als ein deutscher Offizier vorbeigelaufen war, sein Gewehr geschultert und Rudy erschossen hatte. Der Deutsche hatte Rudy einzig und allein aus dem Grund getötet, dass er Jude war.

Am 31. Dezember 1942 stürmten deutsche Soldaten in unsere Wohnung und nahmen meinen Vater fest. Es spielte keine Rolle mehr, dass er eine Arbeitserlaubnis hatte. Es spielte keine Rolle mehr, dass er ein guter Mensch war, der niemals etwas Unrechtes getan hatte. Die Deutschen hatten entschieden, dass seine Zeit abgelaufen war und er sterben musste. Könnt ihr euch vorstellen, wie es ist, dreizehn Jahre alt zu sein und mitansehen zu müssen, wie der eigene Vater weggebracht wird, um ermordet zu werden?

Später habe ich herausgefunden, weshalb sie meinen Vater verhaftet hatten. Ein anderer Jude aus dem Ghetto war eifersüchtig auf ihn gewesen, weil mein Vater sehr beliebt war, und hatte der Polizei die Lüge aufgetischt, dass er im Untergrund aktiv sei. Der Untergrund war eine Geheimorganisation aus jungen Männern und Frauen, die gegen die Deutschen kämpften, indem sie ihnen ihre Waffen stahlen, ihre Büros in die Luft sprengten und andere dazu aufriefen, sich dem Widerstand gegen die deutsche Besatzung in Polen anzuschließen. Im Krakauer Ghetto gab es tatsächlich eine solche Gruppe junger Widerstandskämpfer, die im Untergrund agierte, aber mein Vater hatte nie etwas mit ihnen zu tun gehabt.

Meine Mutter und ich waren völlig aufgelöst und versuchten jemanden zu finden, der meinen Vater frei bekommen könnte, doch wir hatten kein Glück. Die Deutschen hielten ihn eine Woche im Gefängnis des Ghettos fest und verfrachteten ihn anschließend auf einen Transport nach Auschwitz. In meinen Augen war mein Vater der klügste und stärkste Mann auf der Welt, und ich war überzeugt davon, dass ihm nichts passieren würde. Irgendwie, so sagte ich mir, würde er es schon fertigbringen zu überleben. Das waren die Hoffnungen einer naiven Dreizehnjährigen. Was wusste ich schon von Auschwitz oder den grauenvollen Dingen, die dort geschahen?

Der Tag, an dem die Deutschen meinen Vater deportierten, war der Tag, an dem ich ihn das letzte Mal sah.

Am Anfang, bevor die Deutschen sich zur Liquidation, also zur Auflösung des Krakauer Ghettos entschlossen, wussten nur wenige Menschen, wohin die Transporte mit den Deportierten gingen. Uns wurde weisgemacht, dass die Züge die Juden zu Bauernhöfen brachten, wo sie Essen für die deutsche Armee anbauen sollten, und viele Bewohner des Ghettos zwangen sich selbst, an diese Erklärung zu glauben. Wer mochte sich schon vorstellen, dass die eigenen Familienmitglieder abtransportiert wurden, um ermordet zu werden?

Doch dann begannen die Behörden den Ghettobewohnern gefälschte Postkarten zu schicken, auf denen stand: »Es tut uns leid, Ihnen mitteilen zu müssen, dass dieser oder jener Angehörige Ihrer Familie eines natürlichen Todes gestorben ist.« Eine Zeit lang versandten die Deutschen sogar Behälter mit Asche darin und dazu einen Zettel mit den Worten: »Hier sind die sterblichen Überreste Ihres Angehörigen.« Dann aber hörten wir, dass das Krakauer Ghetto aufgelöst werden sollte, und selbst die hoffnungsvollsten Juden verstanden, was das in Wahrheit bedeutete: Niemand würde zur Arbeit auf einen Bauernhof gebracht werden. Man würde sie in den Tod schicken.

Am Leben bleiben durften nur jene Juden, die von den Deutschen als »arbeitsfähig« eingestuft wurden, das heißt Juden zwischen zwölf und fünfundfünfzig Jahren. Die Eltern meiner Mutter waren beinahe siebzig. Um sie vor dem Abtransport zu bewahren, brachten meine Mutter und ihre jüngere Schwester sie nach draußen in unseren Innenhof und sagten ihnen, sie sollten sich unter einem Laubhaufen verstecken. Meine Großeltern wollten, dass ich mich mit ihnen verstecke. Ich wusste nicht genau, weshalb, da ich ja bereits dreizehn Jahre alt war und damit die Erlaubnis hatte, im Ghetto zu bleiben. Aber ich tat, worum sie mich baten. Und so legten wir drei uns der Länge nach auf den Bauch und krochen unter einen Haufen aus Blättern und Dreck.

»Bleibt ruhig liegen und sagt kein Wort«, flüsterte meine Mutter uns zu, dann gingen sie und meine Tante zur Arbeit.

Während ich unter dem Laubhaufen lag, spürte ich den Boden unter mir beben – Lastwagen mit Soldaten rollten durch das Ghetto. Ein paar Minuten später hörte ich Soldaten in unser Wohngebäude eindringen. Sie liefen von Tür zu Tür und trieben alle alten Menschen zusammen, die sie dort versteckt fanden. Und damit sich ihre alten jüdischen Gefangenen noch elender fühlten, griffen sich die Soldaten Stühle und Tische aus deren Wohnungen und warfen sie aus dem Fenster. Die Möbel schlugen krachend im Innenhof auf. Dann eskortierten die Soldaten die Festgenommenen die Treppe hinunter und durch das Tor aus dem Innenhof nach draußen. Wir hörten Schüsse und die Schreie der Menschen. Nach einer Weile wurde es still.

Einige Stunden später kehrte meine Mutter von der Arbeit zurück. »Ihr könnt jetzt rauskommen«, sagte sie zu uns. »Es ist keiner mehr da.« Meine Großeltern und ich standen auf und strichen uns die Blätter von den Kleidern. Gerade, als wir dachten, dass meine Großeltern gerettet wären, geschah etwas Furchtbares. Zwei deutsche Soldaten, die eine letzte Überprüfung durchführten, betraten den Innenhof. Als sie den Dreck und das Laub in den Haaren meiner Großeltern sahen, war ihnen klar, dass diese sich zuvor versteckt hatten. Meine Großmutter bückte sich zu mir hinab und flüsterte: »Alles wird gut.« Sie nahm meinen Großvater bei der Hand, dann wurden sie von den Soldaten weggebracht. Niemals werde ich den Gesichtsausdruck meiner Mutter vergessen, als sie mitansehen musste, wie ihre Eltern davongingen, um ermordet zu werden. Es war grauenvoll.

Wir liefen zurück in unsere Wohnung und taten unser Bestes, um den Schaden, den die Soldaten angerichtet hatten, zu beheben. Doch manche Schäden lassen sich nicht reparieren.

Die Liquidation des Krakauer Ghettos ging weiter. Vier Tage lang liefen deutsche Soldaten von Tür zu Tür und trieben die Juden zusammen. In diesen Tagen wurden über zweitausend Menschen nach Auschwitz deportiert, um ermordet zu werden, und zweitausend weitere wurden an Ort und Stelle getötet. Alle anderen Juden – diejenigen, die eine Arbeitserlaubnis hatten – wurden von den Deutschen zusammengetrommelt. Man teilte ihnen mit, dass sie in das Arbeitslager Plaszow umgesiedelt würden, das gut drei Kilometer entfernt lag. Viele Produktionsbetriebe des Ghettos waren bereits dorthin verlagert worden, auch die Druckerei, der meine Mutter und ich zugeteilt gewesen waren.

Wir versammelten uns bei den Toren des Ghettos und brachen zum Gewaltmarsch ins Arbeitslager Plaszow auf.

6

Das Arbeitslager Plaszow

Kinder unter zehn Jahren waren im Lager Plaszow nicht zugelassen. Deshalb zwang die Polizei jüdische Eltern vor deren Marsch nach Plaszow, jüngere Kinder im Waisenhaus des Krakauer Ghettos zurückzulassen. Einige Eltern versuchten ihre Kinder trotzdem mit ins Lager zu nehmen, indem sie ihnen eine Schlaftablette gaben und sie in Rucksäcken versteckten. Meine Cousine Jenny war zu groß, um in einen Rucksack zu passen, aber ich wollte unbedingt, dass sie mit uns nach Plaszow kam. Auch wenn es im Arbeitslager schrecklich sein würde – wenn wir dort zusammen wären, könnte ich zumindest weiterhin auf sie aufpassen. Mir kam eine Idee: Ich würde sie unter meinem langen Mantel verbergen.

Als meine Mutter und ich auf die Tore des Ghettos zuliefen, sah ein Polizist Jennys Füße unter meinem Mantel hervorschauen. Er öffnete ihn und entdeckte meine kleine Cousine, die eindeutig jünger als zehn war.

»Du kannst sie nicht mitnehmen«, sagte er. »Sie ist zu klein. Sie muss hierbleiben. Die im Waisenhaus sollen sich um sie kümmern.«

Meine Mutter und ich kannten einige der Leute, die das Waisenhaus leiteten, und wir sagten uns, dass es Jenny dort gut gehen würde.

Hatten wir denn eine Wahl? Ich nahm Jenny bei der Hand, und gemeinsam liefen wir zurück ins Ghetto. Das Waisenhaus lag nur ein paar Blocks entfernt, vorbei an leer stehenden Gebäuden in leer gefegten Straßen. Schließlich kamen wir dort an. Vor der Einrichtung hatten sich mehrere Hundert Kinder versammelt. Ich erkannte die Frau, die sie beaufsichtigte – sie war eine Freundin meiner Mutter.

»Mach dir keine Sorgen«, sagte sie zu mir und nahm Jenny bei der Hand. »Ich werde auf sie aufpassen.«

Ich gab Jenny einen Abschiedskuss und ging zurück zu meiner Mutter, die an den Ghettotoren wartete, um den Drei-Kilometer-Marsch nach Plaszow anzutreten.

Polizisten gingen voran, und während wir uns langsam vom Ghetto entfernten, hörten wir plötzlich Gewehrschüsse. Mir lief es eiskalt den Rücken hinunter. Bestimmt waren die Schüsse nicht am Waisenhaus gefallen, sondern an einem anderen Ort. Aber als wir weiterliefen, kam jemand zu uns und flüsterte uns zu, dass die Waisenhauskinder getötet würden.

Konnte das wirklich wahr sein? Meine Mutter und ich liefen weiter, sprachlos, zu erschüttert, um irgendetwas zu sagen. Hunde bellten, und Männer der Nazi-Sicherheitskräfte, der sogenannten Schutzstaffel – kurz SS –, schrien: »Macht schnell! Beeilt euch!« Wir beschleunigten unser Tempo und marschierten weiter Richtung Plaszow, während hinter uns im Ghetto immer noch Schüsse zu hören waren.

Wir erreichten das Lager von Plaszow, das am Ende eine Gesamtgröße von etwa hundert Häuserblocks haben sollte – mit achtundachtzig Baracken, in denen bis zu fünfundzwanzigtausend Menschen hausten, ausschließlich Juden. Als wir ankamen, teilten

Polizisten die Juden aus dem Krakauer Ghetto in Gruppen auf und brachten sie zu den für sie vorgesehenen Behausungen. Meine Mutter und ich wurden in eine überfüllte Baracke mit dreigeschossigen Stockbetten geführt – sie sahen aus wie Holzregale mit niedrigen Fächern, in denen man nicht aufrecht sitzen konnte. Neben den Baracken befand sich im Lager auch eine einzige verschmutzte Latrine, die immer überlief, ein »Krankenhaus«, in dem es keinerlei medizinisches Bedarfsmaterial gab, und Betriebsstätten, wo die Gefangenen an sieben Tagen in der Woche arbeiteten.

Wir gewöhnten uns an die tägliche Routine. Um vier Uhr morgens musste ein junger Musiker aus Krakau auf Befehl der Aufseher in sein Jagdhorn blasen, um uns aufzuwecken. Die Häftlinge rannten nach draußen und standen stundenlang in Habachtstellung, während der Anwesenheitsappell erfolgte. Es war Winter und morgens oftmals klirrend kalt. Deutsche Offiziere schritten die Reihen der Gefangenen ab. Wenn eine Person fehlte, musste der Appell von Neuem beginnen, und wir waren gezwungen, weitere Stunden stillzustehen, häufig im Regen oder im Schnee. Unter den Häftlingen gab es auch Kranke, die nicht lange stehen konnten. Doch wenn sie sich hinsetzten, merkten die Aufseher, dass sie nicht kräftig genug für die Arbeit waren. Dann wurden diese Häftlinge aus den Reihen gezogen und weggebracht, um getötet zu werden.

Im Lager Plaszow war der Hunger unser ständiger Begleiter. Unter Hunger verstehen die meisten Leute heutzutage etwas anderes als das, was man in einem Konzentrationslager darunter verstand. In einem Lager hungrig zu sein bedeutete, ein Gefühl zu haben, als ob sich einem schmerzhaft der Magen umdrehte, ein Gefühl, das einen schwindlig und schwach machte und niemals mehr verschwand. Wir hofften stets, dass das Essen reichen würde, um uns bis zum nächsten Morgen am Leben zu halten.

Auch entsprach unser Essen nicht dem, was die meisten Leute sich unter diesem Begriff vorstellen. Im Arbeitslager bestand die Nahrung aus einer faulig riechenden Schüssel wässriger Suppe und einem alten Stück Brot. Den ganzen Tag über hielten wir Ausschau, ob sich nicht noch mehr auftreiben ließe. Wir hätten alles gegessen. Aber neben den Abfallhaufen vor der Häftlingsküche standen Aufseher und erschossen jeden verzweifelten, ausgehungerten Gefangenen, der es wagte, sich auf der Suche nach Speiseresten durch den Müll zu wühlen.

Der Kommandant des Lagers Plaszow war ein SS-Offizier namens Amon Göth. Wir hatten gehört, dass Göth in Wien aufgewachsen war, der kultivierten Hauptstadt Österreichs. Deshalb hofften wir, dass er ein anständiger Mensch wäre. Doch wie sich herausstellte, war er das genaue Gegenteil davon. Er war abscheulich und unmenschlich.

Amon Göth war über 1,90 Meter groß, übergewichtig und brutal. Jeder im Lager kannte seinen Ruf und hielt sich, so gut es ging, von ihm fern. Er lebte in einer Villa auf einem Hügel, keine hundert Meter von den Haupttoren des Lagers entfernt. Jeden Morgen stand er auf dem Balkon seiner Villa, zielte mit dem Gewehr auf die im Lager umherlaufenden Menschen, drückte ab und tötete willkürlich ausgewählte Häftlinge.

Mein Onkel Roman arbeitete in Plaszow als Maler. Eines Morgens ließen ihn die Aufseher eine der Baracken anstreichen. Amon Göth kam, um Romans Werk zu begutachten. Er warf einen Blick auf die Baracke, zog dann seine Pistole und erschoss meinen Onkel. Roman hatte ihn in keiner Weise provoziert. Reine Verachtung für das menschliche Leben hatte Göth dazu veranlasst, meinen Onkel umzubringen. Von Häftlingen, die schon länger in Plaszow waren, erfuhren wir, dass der Kommandant nie frühstückte, ohne vorher mindestens einen Menschen erschossen zu haben. Es machte ihn glücklich zu morden.

An manchen Tagen zwang Göth uns dazu, der Hinrichtung von Gefangenen beizuwohnen. Diese armen Menschen hatten sich vielleicht nur kleinster Vergehen schuldig gemacht, etwa dem Diebstahl von Kartoffelschalen aus den Abfallhaufen, aber das spielte keine Rolle. Sie waren Juden, und das war für Göth Grund genug, sie von seinen Aufsehern ermorden zu lassen. Das Leben im Krakauer Ghetto war hart gewesen, aber es war nichts im Vergleich zu dem, was wir in Plaszow sahen, wo Kommandant Amon Göth jeden Tag grauenvolles Unrecht verübte.

Glücklicherweise hörte ich im Laufe dieses schrecklichen Jahres in Plaszow immer öfter den Namen Oskar Schindler.

7

Schindlers Liste

Oskar Schindler war ein attraktiver deutscher Geschäftsmann, der 1939 in die NSDAP eingetreten war. Er hatte sich nie sonderlich für Politik interessiert. Stattdessen mochte er luxuriöse Häuser und schnelle Autos und nutzte jede Gelegenheit, um Geld zu machen. Nachdem Deutschland im September 1939 in Polen eingefallen war, zog er nach Krakau, wo ihm die deutschen Behörden eine geräumige Wohnung angeboten hatten, die zuvor einer jüdischen Familie gehört hatte.

Oskar Schindler kannte Krakau gut. Vor dem Krieg hatte er im Betrieb seines Vaters gearbeitet und Landmaschinen verkauft, und seine Dienstreisen hatten ihn regelmäßig in die Stadt geführt. Dank seiner geschäftlichen Verbindungen und seiner Kontakte zur Militärverwaltung erhielt Schindler 1940 die Genehmigung, eine Fabrik in einem Vorort von Krakau zu übernehmen. Unter seiner Leitung hieß der Betrieb fortan Deutsche Emailwarenfabrik – kurz Emalia. Die Emalia lag so nahe am Krakauer Ghetto, dass Schindler eine Abmachung mit den deutschen Machthabern traf, um jüdische Arbeiter aus dem Ghetto für seine Fabrik zu bekommen.

Zuerst war der Grund dafür, dass er Juden wollte, ein ganz simpler: Sie waren billiger als nichtjüdische Arbeitskräfte. Denn nach der NS-Ideologie galt jüdisches Leben als minderwertig, und die SS stellte ihm die Arbeiter für einen geringen Lohn zur Verfügung. Juden arbeiteten zudem länger und härter als Nichtjuden, weil Arbeit zu haben bedeutete, nützlich für die Nazis zu sein – und damit wertvoll genug, um am Leben gelassen zu werden.

Da Schindlers Fabrik in der Nähe des Krakauer Ghettos lag, war er Zeuge davon geworden, wie schlecht die Nazis mit den Juden umgingen. Für ihn waren die jüdischen Arbeiter eben nicht nur billige Arbeitskräfte, sondern sie waren Menschen – Mütter, Väter und Kinder, die zu unschuldigen Opfern der Grausamkeiten wurden.

Die Schließung des Krakauer Ghettos stellte für Oskar Schindler ein Problem dar. Sein Betrieb war davon abhängig, dass die Arbeiter in der Nähe wohnten, und nun sollten sie gut drei Kilometer entfernt im Lager Plaszow leben. Schindler hatte die Wahl: Er konnte seine Fabrik näher an das Lager verlegen oder seine Fabrik lassen, wo sie war, und selbst ein kleines Lager errichten – ein Nebenlager, in dem seine Arbeiter wohnen konnten. Eines Tages trat er an den Kommandanten Amon Göth heran und erzählte ihm von seiner Idee, in der Nähe der Emalia ein Nebenlager zu errichten.

»Das ist doch Zeitverschwendung, wenn die Häftlinge über drei Kilometer von Plaszow hierherlaufen müssen«, sagte Schindler zu Göth. »Dadurch werden sie nur müde und sind weniger produktiv. Lass mich mein eigenes Lager bauen, in dem ich meine Arbeiter unterbringen kann. So sind sie morgens schneller in der Fabrik. Ich habe nun mal meine Vorgaben von der deutschen Verwaltung, und ich brauche die Arbeiter so lange wie möglich hier vor Ort, um diese Vorgaben zu erfüllen. Abgesehen davon mache ich dadurch einen größeren Gewinn, was auch für dich seine Vorteile haben wird.«

Nach diesen Worten ließ Schindler ein Täschchen mit Diamanten über den Tisch schlittern. Göth steckte sich das Bestechungsgeschenk in die Tasche und gab ihm die Erlaubnis, ein Nebenlager zu errichten.

Bestechung war ein wichtiger, wenn auch kostspieliger Bestandteil von Oskar Schindlers Geschäften. Er musste Schmiergelder zahlen, um die Erlaubnis zum Aufbau seiner Fabrik zu bekommen, um Verhandlungen mit den Behörden zu seinen Gunsten zu entscheiden und um gute Beziehungen zu den Leuten zu halten, die seine Töpfe und Pfannen auf dem Schwarzmarkt verkauften. Zu seinen Bestechungsgeschenken gehörten Uhren, Fotoapparate, Reitsättel, Stiefel, Sportwagen, Diamanten und sehr viel Bargeld. Seine Fabrik am Laufen zu halten, kostete ihn ein Vermögen. Es ist wichtig, das zu wissen, weil Schindler sich schließlich dazu entschloss, jede nur irgendwie verfügbare Summe in Bestechungsgeschenke fließen zu lassen, um seine jüdischen Arbeiter am Leben zu halten. Und das wiederum ist der Grund, weshalb ihm sowohl in der Geschichte des Holocaust als auch in den Herzen von Überlebenden wie mir ein so ehrenvoller Platz zukommt.

Im Dezember 1943 erfuhr meine Mutter, dass Oskar Schindler weitere Arbeiter für seine Fabrik brauchte. Sie schickte mich, um mit demjenigen zu sprechen, der die Liste mit den »Schindlerjuden« führte – das heißt mit den Lagerinsassen, die als Arbeiter der Emailfabrik zugeteilt wurden. Ich flehte den Mann an, meine Mutter und mich mit aufzunehmen. Im Krakauer Ghetto hatte er einmal mit in unserer Wohnung gelebt, und vielleicht fühlte er sich uns gegenüber deswegen verpflichtet. Jedenfalls setzte er unsere Namen auf die Liste, und so kam es, dass auch meine Mutter und ich zu Schindlerjuden wurden. Kurz nach unserer Aufnahme in die Arbeiterliste von Oskar Schindler zogen wir in das Nebenlager der Emalia um.

Der Eingang zu Schindlers Fabrik bestand aus einem breiten Metalltor. Hinter dem Tor gab es zwei Gebäude. In einem davon stellten die Arbeiter Metalltöpfe und -pfannen her, die anschließend in heiße Emaille getaucht und getrocknet wurden. In dem anderen Gebäude produzierten Arbeiter Munition für die deutsche Armee, hauptsächlich Munitionshülsen, die von Hand geschliffen wurden. Hinter diesen beiden Gebäuden befand sich das Nebenlager mit Wachtürmen für die deutschen Aufseher, einer Küche, Waschräumen, einem Lagerhaus für Lebensmittel, Büros und den Baracken.

Als ich Oskar Schindler zum ersten Mal sah, rauchte er eine Zigarette und trug einen teuren Anzug. Ein Hakenkreuz aus Diamanten prangte auf dem Revers seines Jacketts. Das Hakenkreuz war das Symbol des NS-Staats und für uns Juden deshalb ein Zeichen für Zerstörung und Tod. Zu dieser Zeit wusste ich nicht viel über ihn, nur dass er ein einflussreicher Mann war. Außerdem erfuhr ich, dass wir uns nicht vor ihm zu fürchten brauchten.

Oskars Freundlichkeit gegenüber seinen Arbeitern lässt sich nicht in Worte fassen. Um uns zu schützen, stellte er sicher, dass die SS die Fabrik nicht ohne seine Erlaubnis betreten durfte. Auf dem Schwarzmarkt kaufte er Lebensmittel für uns ein. Das bedeutete, wir bekamen besseres Essen und waren gesünder als die weniger glücklichen Juden in den Arbeits- und Konzentrationslagern, die nichts als gammelige Suppe erhielten. Während anderswo Millionen Juden getötet wurden, überlebten diejenigen, die für Oskar Schindler arbeiteten. Wir hatten Medizin, wenn wir krank wurden, Wasser und Seife, damit wir uns waschen konnten, und etwas Anständiges zu essen.

Jeden Abend verkündete Oskar, dass er ein paar der jüngeren Häftlinge bräuchte, um sein Büro sauber zu machen. Eine Gruppe von uns jüngeren Leuten ging dann in sein Büro, legte sich unter die Schreibtische und schlief ein. In Wirklichkeit benötigte Oskar zum Aufräumen keine fremde Hilfe. Es war eine Taktik, ein Weg, um seinen jüngsten Arbeitern einen Vorwand zu verschaffen, sich bei einem geruhsamen Nachtschlaf zu erholen.

Ich bewunderte Oskar, wie er durch die Fabrik lief und hier und da stehen blieb, um mit seinen Arbeitern zu sprechen, die er alle beim Namen kannte. An verschiedenen Stellen ließ er halb gerauchte Zigaretten liegen; er tat so, als hätte er sie dort vergessen, hinterließ sie jedoch in Wahrheit den Männern, die früher ebenfalls geraucht hatten. Ich erinnere mich, dass ich mir damals sagte: »Gott hat uns einen Engel geschickt, um uns zu retten.« Wir waren nach wie vor Gefangene, wir hatten immer noch lange und harte Arbeitstage und wurden immer noch von den Nazis gehasst – aber für diejenigen von uns, die das Glück hatten, für Oskar zu arbeiten, war die Emailfabrik das Paradies.

Die Fabrik war rund um die Uhr in Betrieb, vierundzwanzig Stunden am Tag. Wir arbeiteten in Zwölf-Stunden-Schichten. Einige der Erwachsenen schleppten Schwermetall; sie arbeiteten damit und mit anderem Industriematerial, das zu gefährlich für eine Vierzehnjährige wie mich war. Ich stand an einer kleinen Maschine, die Munitionshülsen produzierte. An den Maschinen für die größeren Hülsen waren Erwachsene tätig. Um diese größeren Maschinen bedienen zu können, musste man in der Lage sein, einen schweren Hebel nach oben zu drücken und wieder nach unten zu ziehen. Alle hatten Schwierigkeiten mit diesem Hebel, der immer wieder abbrach. Eines Tages holte mich der Vorarbeiter von meiner kleinen Maschine weg und ließ mich an einer der größeren arbeiten, woraufhin deren Hebel sofort kaputtging. Der Vorarbeiter kam zu mir herüber und machte seinem Ärger über den Schaden Luft.

»Das hast du mit Absicht gemacht!«, schrie er. »Ich werde einen Aufseher holen und dich erschießen lassen!«

Obwohl ich wusste, dass Oskar es den deutschen SS-Aufsehern niemals erlaubt hätte, die Fabrik auf eigene Faust zu betreten, geschweige denn irgendjemanden zu erschießen, bekam ich furchtbare Angst. Einer der anderen Arbeiter rannte zu Oskar und erzählte ihm von dem Vorfall, woraufhin er aus seinem Büro in die Fabrikhalle herunterkam.

»Was ist passiert?«, fragte er. Der Vorarbeiter zeigte mit dem Finger auf mich und behauptete erneut, dass ich die Maschine vorsätzlich kaputt gemacht hätte.

Oskar betrachtete zuerst mich und dann die riesige Maschine. »Lassen Sie nie wieder ein kleines Mädchen an solch einer großen Maschine arbeiten«, wies er den Vorarbeiter an. »Sie darf nur von erwachsenen Männern bedient werden.«

Ich weinte vor Angst. Oskar tätschelte mir den Kopf und sagte: »Mach dir keine Sorgen. Wo hast du vorher gearbeitet?« Ich zeigte ihm die kleinere Maschine.

»Genau da sollte das Mädchen eingesetzt werden«, sagte er dem Vorarbeiter, »und dort sollte es auch bleiben.«

Nach diesem Vorfall blieb Oskar, wann immer er seine Runde durch die Fabrik drehte, an meinem Arbeitsplatz stehen und fragte: »Wie geht es dir, Kleine?« Er war wie ein Vater, der auf mich aufpasste und auf all die anderen Menschen, die für ihn tätig waren.

Dann ging alles furchtbar schief.

8

1944
Auschwitz

Im Sommer 1944 war abzusehen, dass die Deutschen den Krieg verlieren würden – dank der fortwährenden Angriffe der amerikanischen und britischen Streitkräfte aus dem Westen und der Roten Armee* aus dem Osten. Die Nazis wussten, dass man sie für die Folter und die Morde in den Lagern schon bald zur Verantwortung ziehen würde. Um ihre Verbrechen zu vertuschen, begannen sie damit, kleinere Lager wie Plaszow zu schließen und die Häftlinge in Lager zu deportieren, die weiter westlich auf deutschem Gebiet lagen.

Obwohl wir für Oskar arbeiteten, waren wir für die Lagerverwalter in Plaszow noch immer Arbeitssklaven. Nun zwangen sie uns dazu, bei der Schließung des Lagers zu helfen. Einigen von uns wurde befohlen, gestohlene Güter zu verpacken, die zu den Machtzentralen der Nationalsozialisten in Berlin verschifft werden sollten. Darunter befanden sich goldene Armbanduhren, Schmuck, Ge-

* *Rote Armee* bezeichnet die Streitkräfte der Sowjetunion. Die Sowjetunion (kurz für »Union der Sozialistischen Sowjetrepubliken«) war der größte sozialistische Staat der Welt und bestand von 1922 bis 1991. Sie erstreckte sich vom Osten Europas bis nach Asien. Viele heute unabhängige Lander gehörten früher zur Sowjetunion, unter anderem Russland.

mälde, Tafelsilber und andere Besitztümer, die die Nazis den Juden weggenommen hatten. Wir legten die Wertgegenstände in hölzerne Kisten, nagelten diese zu und verluden sie auf Laster und in Eisenbahnwaggons.

Mit Entsetzen mussten wir mitansehen, wie auch die Juden von Plaszow auf Lastwagen und in Waggons fortgebracht wurden, um ermordet zu werden. Um euch eine Vorstellung davon zu geben, wie viele Menschen getötet wurden: Bevor die Deutschen das Lager schlossen, gab es noch rund achtzehntausend weibliche Insassen dort. Nach der Schließung des Lagers blieben weniger als zweitausend dieser Frauen, darunter auch meine Mutter und ich, zurück.

Oskar machte sich Sorgen, dass seine Fabrik geschlossen und seine jüdischen Arbeiter zusammen mit den anderen Gefangenen in Lager an anderen Orten gebracht würden. Dann hatte er eine Idee. Sie war riskant, aber er hatte seine Chancen schon immer zu nutzen gewusst, und das Glück hatte ihm dabei oft zur Seite gestanden. Seine Idee war, die komplette Fabrik – Gerätschaften, Maschinen und Zubehör – aufzulösen, alles in Güterwaggons zu verladen und die Emalia vom polnischen Krakau nach Brünnlitz* zu verlagern. Dort, in der Nähe seiner Geburtsstadt, würde er seine Fabrik wieder hochziehen und mit der Herstellung von Munition fortfahren. Das Ganze kostete ihn sehr viel Geld. Er musste Dutzende von Amtsleuten mit teuren Geschenken bestechen, um die für diesen Schritt notwendige Genehmigung zu erhalten. Aber es gelang ihm.

* Brünnlitz lag damals im sogenannten Protektorat Böhmen und Mähren. Heute heißt der Ort Brněnec und ist in Tschechien.

Warum nahm Oskar all diese Mühen auf sich? Einer der Gründe war womöglich Eigennutz. Er spekulierte darauf, nach dem Krieg seine Fabrik an einem neuen Ort wiederaufbauen zu können und Gewinn zu machen. Doch es gab noch einen weiteren Grund, der nicht eigennützig war. Oskar wusste von dem Vorhaben der Nazis, so viele Juden wie möglich umzubringen, bevor die Alliierten – also die amerikanischen, britischen und sowjetischen Streitkräfte – vorrückten. Durch die Verlagerung der Fabrik erhoffte er sich, die jüdischen Arbeiter mit umsiedeln und ihnen damit das Leben retten zu können.

Doch selbst eine so einflussreiche Person wie Oskar Schindler konnte uns nicht vor allen Schrecken des Holocaust bewahren, besonders nicht vor dem Schrecken namens Auschwitz.

Im Oktober 1944 brachten die Aufseher mich, meine Mutter und andere Frauen, die für Oskar Schindler arbeiteten, zu einem Bahnhof und schoben uns in Güterwaggons. Sie schlossen die großen Holztüren, und der Zug verließ den Bahnhof. Es gab kein Wasser, kein Essen, keine Toilette, kein Fenster, ja nicht einmal ausreichend Sauerstoff – doch wir glaubten, dass der Zug uns zu Oskars neuer Fabrik in Brünnlitz bringen würde. Und so erduldeten wir die Enge in den überfüllten Waggons, den Hunger und den fauligen Geruch, so gut es eben ging.

Nach einigen Stunden Fahrtzeit blieb der Zug stehen. Es war spät in der Nacht. Die Türen gingen auf, und gleißend grelles Scheinwerferlicht blendete uns. Als unsere Augen sich daran gewöhnt hatten, sahen wir, dass vor uns Stacheldrahtzäune nach rechts und links verliefen. Ein furchtbarer Gestank wie nach verwesendem Fleisch lag in der Luft. Vor uns standen Soldaten mit Gewehren und Hunden. Als ich aufblickte, sah ich ein Schild mit der Aufschrift Auschwitz-Birkenau.

Wir hatten Gerüchte über diesen Ort gehört. Man erzählte sich, dass es ein Vernichtungszentrum war, in dem Juden in Gaskammern ermordet und ihre Leichen in den Öfen von Krematorien verbrannt würden. Das muss ein Fehler sein, sagten wir uns. Wir arbeiteten doch für Oskar Schindler. Weshalb waren wir in Auschwitz gelandet?

»Alle raus aus dem Zug!«, brüllten die Aufseher. »Raus! Schnell!«

Sie schlugen uns mit Peitschen und ließen uns vom Waggon aus auf den Bahnsteig springen. Um uns herum fielen weiße Flöckchen wie Schnee zu Boden. Da wir nach der langen Fahrt ohne Wasser durstig waren, streckten wir unsere Zungen heraus, um die Flocken aufzufangen. Doch die Flocken schmeckten nicht nach Schnee. Wir blickten nach oben und begriffen, dass sie aus einem hohen Schornstein herabstoben, der über den Krematorien aufragte. Es war weiße Asche. Menschliche Asche.

Meine Mutter und ich beobachteten, wie ein deutscher Offizier uns in Gruppen einteilte – Leute, die körperlich gesund waren, und Leute, die es nicht waren. Er schickte die kräftigen Frauen auf die rechte und die schwachen und kränklichen Frauen auf die linke Seite. Um gesünder zu wirken, machten wir es den anderen um uns herum nach und kniffen uns in die Wangen, bis sie rosig aussahen. Als wir an der Reihe waren, musterte uns der Aufseher und schickte uns auf die rechte Seite. Später erfuhren wir, dass man die schwächeren Menschen aus der linken Gruppe unmittelbar darauf in die Gaskammern gebracht und dort ermordet hatte.

Die Aufseher brachten unsere Gruppe in eine Baracke und sagten, wir sollten uns nackt ausziehen. So standen wir dicht gedrängt beieinander und zitterten. Was dann geschah, war erniedrigend. Männliche Häftlinge in gestreifter Einheitskleidung benutzten rostige Scheren und Rasierklingen, um uns alle Haare abzurasieren. Die Werkzeuge waren alt und stumpf und zerrten schmerzhaft an den Haaren; viele von uns begannen zu weinen.

Als ich kleiner war, hatte ich wunderschöne dicke Zöpfe. Im Krakauer Ghetto hatte meine Mutter mir die Haare kurz geschnitten, damit sie leichter zu pflegen waren. Aber ein kahl rasierter Kopf? In diesem Moment hatte ich zum ersten Mal das Gefühl, meine Identität zu verlieren. Ich fühlte mich nicht mehr wie ich selbst.

Die Frauen um mich herum drängten sich dichter zusammen und schlotterten vor Angst und Kälte. Wie kann man so aussehen und trotzdem noch am Leben sein?, dachte ich. Ich sah zu der Frau auf, die neben mir stand, und konnte kaum glauben, dass diese glatzköpfige Person meine Mutter war. Dann schoben uns die Aufseher in einen dunklen Raum und schrien: »Plaszow-Abschaum! Mit euch sollten wir nicht unsere Zeit vergeuden!«

Als ich nach oben blickte, entdeckte ich Metallrohre mit kleinen Löchern darin, die kreuz und quer über die Decke liefen. Wir hatten keine Ahnung, wo wir waren oder was für ein Raum das war. Wie gesagt: Wir hatten Gerüchte darüber gehört, dass Menschen in Gaskammern gestorben waren, aber wer hätte solchen Horrormärchen schon Glauben schenken können? Wir wussten nicht, was mit uns geschehen würde. Plötzlich kam etwas aus den Rohren, und wir hielten den Atem an. Es war Wasser. Heute würden wir nicht sterben.

Die kalte Dusche war vorbei, und weibliche Aufseher trieben uns mit Stöcken aus dem Raum hinaus. Sie zeigten zu einigen Stapeln mit Holzschuhen und verlangten, dass sich jede von uns ein Paar davon nahm. Dann deuteten sie auf einen Kleiderhaufen und befahlen uns brüllend, uns rasch anzuziehen. Die Frauen schnappten sich, was immer sie in die Finger bekamen. Ich sah ein gelbes Kleid mit roten Blumen und probierte es an, doch es war riesig, gemacht für eine große, füllige Frau, nicht für eine dürre Fünfzehnjährige. Ich band mir das Kleid so gut es ging um die Hüfte fest.

Das war im Spätherbst 1944. Es war kalt, und es hatte geregnet. Aufseherinnen führten uns über einen schlammigen Weg bis zu einer Baracke, wo wir in die hölzernen Kojen der Stockbetten krochen, die mit einer dünnen Schicht muffig riechendem Stroh ausgelegt waren. Es gab nicht genug Kojen für alle, deshalb kauerten sich einige von uns auf den steinernen Boden. Bei den Frauen, die die Aufsicht über unsere Baracke hatten, handelte es sich um Ungarinnen. Wir sprachen ihre Sprache nicht, und weil wir nicht verstanden, was sie sagten, schlugen sie uns wegen Befehlsverweigerung.

Wie hat es sich angefühlt, in einer fremden Sprache angebrüllt und mit Stöcken geschlagen zu werden und keine Ahnung zu haben, was von uns verlangt wurde? Wie hat es sich angefühlt, zu hungern und niemals zu wissen, ob man den nächsten Tag noch erleben würde? Wie hat es sich angefühlt, von Häftlingen umgeben zu sein, die mehr tot als lebendig aussahen? Es hat sich angefühlt, als ob die Nazis meine Seele geraubt hätten.

9

Vom Leben in einem Albtraum

Um Auschwitz zu beschreiben, gibt es keine Worte. Dort zu sein bedeutete, zu hungern, jeden Tag kränker zu werden und Dinge mitansehen zu müssen, die man kaum glauben konnte. Ich will versuchen, euch diesen furchtbaren Ort ein wenig näher zu beschreiben.

Unter den rund tausend Lagern, die die Nazis errichtet hatten, war Auschwitz nicht nur das größte Konzentrationslager, sondern auch das größte Vernichtungslager. Der Lagerkomplex Auschwitz, der in drei zentrale Lager unterteilt war, lag ungefähr sechzig Kilometer westlich von meiner Geburtsstadt Krakau. Es gab das Stammlager, genannt Auschwitz I. Drei Kilometer von diesem Hauptlager entfernt lag Auschwitz-Birkenau, auch Auschwitz II genannt. Dort kamen tagein, tagaus Züge mit Deportierten an. Und dann gab es noch das Lager Auschwitz-Monowitz oder Auschwitz III, wo die Häftlinge Tag und Nacht in Fabriken schuften mussten.

Während der sechs Jahre, in denen Auschwitz in Betrieb war, wurden dort zwischen 1,1 und 1,3 Millionen Menschen ermordet: Juden, Sinti und Roma, sowjetische Kriegsgefangene, politische Häftlinge und andere Leute, die von den Nazis als »Asoziale« eingestuft worden waren. Neun von zehn der in Auschwitz Getöteten waren Juden.

Eines Morgens während des Anwesenheitsappells holten zwei der Aufseher mich und ein anderes Mädchen aus den Reihen und brachten uns zu einem Krankenhaus, das etwas entfernt lag. In der Klinik wurden wir von einer Krankenschwester aufgefordert, uns auf mit weißen Laken bezogene Betten zu legen.

»Habt keine Angst«, sagte sie. »Wenn das vorbei ist, wird man euch wieder zu eurer Baracke führen.« Sie stach uns eine Nadel in den Arm, nahm Blut ab und erzählte uns etwas Merkwürdiges. »Das Blut wird für die Rettung verwundeter deutscher Soldaten gebraucht«, sagte sie.

Könnt ihr euch das vorstellen? Die Deutschen verbreiteten überall die Lüge, dass Juden keine richtigen Menschen seien – unser Blut aber war anscheinend gut genug, um ihren Soldaten das Leben zu retten.

Als die Blutabnahme beendet war, bekamen wir von der Krankenschwester jede ein Stück Brot mit einer Scheibe Leberwurst darauf. Es war das beste Essen, das wir seit Langem vor der Nase gehabt hatten, und ich hatte großen Hunger. Dennoch nahm ich nur einen Bissen davon und hob den Rest für meine Mutter auf. Als die Aufseher uns zu unserer Baracke zurückgebracht hatten, erzählte ich meiner Mutter, was geschehen war. Sie bestand darauf, dass ich den Rest des Leberwurstbrotes selbst aufaß.

Wir arbeiteten den ganzen Tag, huben Gräben aus, schleppten Versorgungsgüter und taten, was immer die Deutschen uns befahlen. Abends führten die Aufseher mich und einige andere Mädchen manchmal in die Küche. Sie legten uns Holzstangen über die Schultern und hängten an beide Stangenenden schwere Eimer mit einer übel riechenden Suppe aus Kartoffelschalen und Sägemehl. Dann schoben sie uns aus der Tür und zwangen uns, die Eimer über matschige Wege bis zu den Baracken zu bringen, wo die Häftlinge schon in Reihen anstanden, um ein bisschen von der gammeligen Suppe zu erhalten. Für manche von ihnen war es die einzige »Mahlzeit« des Tages.

Vor dem Krieg hatte ich in den Deutschen Menschen gesehen, wie es sie überall auf der Welt gab: Lehrer, Busfahrer, Klempner, Elektriker – ganz gewöhnliche Leute, Väter und Mütter, Brüder und Schwestern. Vielleicht mochten viele von ihnen keine Juden, ja, aber sie waren trotzdem Menschen, wie wir alle auf diesem Planeten. Auschwitz hat dieses Bild von den Deutschen zerstört. Menschen, die zuvor anständige, gesetzestreue Bürger gewesen waren, wurden zu Mördern und beteiligten sich am Massaker von Hunderten, von Tausenden und irgendwann sogar von Millionen von Menschen, nur weil es sich bei diesen um Juden handelte. Wie hatte es so weit kommen können?

Wie viel Verantwortung trägt jeder Einzelne, jede Einzelne von uns, wenn es darum geht, dass so etwas nie wieder geschieht?

Als Oskar erfuhr, dass man uns, seine Fabrikarbeiterinnen, nach Auschwitz deportiert hatte, war er furchtbar aufgebracht. Wir hätten niemals dort hingeschickt werden sollen. Es hatte den Anschein, als ob ein Schreibfehler all seine Anstrengungen, uns am Leben zu halten, zunichte gemacht hätte. Um zu erreichen, dass wir wieder entlassen wurden, verhandelte Oskar am Telefon mit dem Kommandanten von Auschwitz, Rudolf Höß. Anschließend schickte er seinen Sekretär, der Höß persönlich treffen sollte.

»Diese Frauen sind Expertinnen auf ihrem Gebiet«, erklärte Oskars Sekretär dem Auschwitz-Kommandanten. »Es sind hochqualifizierte Arbeiterinnen, und sie sind unersetzlich. Was ihre Rücksendung in die Fabrik betrifft, so bin ich sicher, dass wir zu einer Einigung finden werden.«

Dann legte der Sekretär ein Täschchen mit wertvollen Edelsteinen auf den Tisch. Höß steckte es ein und unterschrieb ein Blatt, auf dem stand, dass die Schindlerjuden verlegt werden sollten. Erneut hatte Oskar uns vor der Vernichtung bewahrt.

Der Sekretär übergab dem Kommandanten eine Liste mit all jenen Frauen, die zu der neuen Emailfabrik in Brünnlitz geschickt werden sollten. Es dauerte nur wenige Stunden, bis wir zum Bahnhof geführt und erneut in Viehwaggons verladen wurden. Die Aufseher schlossen die großen Holztüren, und der Zug fuhr los. Wir waren nur dreieinhalb Wochen in Auschwitz gewesen, dennoch waren die meisten von uns krank geworden und standen kurz vor dem Hungertod. Eines der Mädchen in unserem Waggon hatte hohes Fieber und glühte geradezu. Sie legte den Kopf auf meinen Schoß. Ich steckte meine Finger durch ein Loch in der Wand des Güterwagens, fing ein paar Schneeflocken auf und rieb sie auf ihre Lippen.

Stunden später hielt der Zug an, und die Türen öffneten sich. Wir waren in Brünnlitz. Dort auf dem Bahnsteig stand Oskar. Er trug seinen schicken grünen Tirolerhut. Wir waren so kraftlos und verlegen, dass wir einfach nur dasaßen und ihn anstarrten, verwundert darüber, noch immer am Leben zu sein. Wir rochen fürchterlich, hatten Läuse auf dem Kopf und in unseren Kleidern und sahen aus wie Skelette. Dennoch schien er froh zu sein, uns zu sehen.

»Also, da seid ihr ja«, sagte er mit einem Lächeln. »Eine heiße Suppe steht für euch bereit. Die Männer sind schon hier – eure Väter, Ehemänner und Brüder. Ich werde auf euch aufpassen. Es gibt nichts, worüber ihr euch Sorgen machen müsst.« Ungläubig sahen wir einander an. Es war ein Wunder.

Der Hunger und die Schrecken von Auschwitz hatten uns geschwächt. Wir hangelten uns von den Viehwaggons herab und liefen, ganz langsam, die kurze Strecke vom Bahnhof bis zur Fabrik. Sie war nicht so groß wie der Betrieb, den Oskar in Plaszow besessen hatte, aber uns kam sie vor wie der Himmel auf Erden: ein Ort, an dem wir zu essen bekamen und beschützt werden würden.

Oskar brachte uns in ein Gebäude, wo wir die Treppen hinauf bis zu den Wohnbereichen der Arbeiter stiegen, die im ersten Stock lagen. Durch die Mitte des großen Raums lief eine Wand, durch die getrennte Bereiche für Männer und Frauen entstanden. Hier begegneten meine Mutter und ich auch meinem Großvater väterlicherseits wieder. Mit seinen fünfundsiebzig Jahren war er die älteste Person, die es auf Schindlers Liste geschafft hatte, und der älteste Arbeiter in der Brünnlitzer Fabrik.

»Ich weiß, dass ihr durch die Hölle gegangen seid«, sagte Oskar zu uns. »Doch das liegt jetzt hinter euch. Wir haben Ärzte, die euch zeigen werden, wo ihr euch waschen könnt, und die sich um diejenigen von euch kümmern, die krank sind.«

Im Keller der Fabrik hatte Oskars Frau Emilie eine Krankenstation für kranke oder verwundete Arbeiter eingerichtet. Sie wies die Ärzte, die selbst Häftlinge waren, an, uns zu baden und mit Desinfektionspuder zu behandeln, damit wir die Läuse loswurden. Das war deshalb so wichtig, weil Läuse tödliche Krankheiten wie Typhus übertragen konnten. Nach drei Tagen in der Krankenstation waren wir läusefrei. Noch oft habe ich an diese Tage zurückgedacht und Emilie Schindler dafür bewundert, dass sie sich genauso verhielt wie ihr Ehemann: nicht wie ein »guter Nazi«, sondern wie ein guter Mensch.

Indem er seinen Einfluss und sein Vermögen einsetzte, rettete Oskar eintausendzweihundert jüdischen Frauen und Männern das Leben. Diese Menschen entkamen dank ihm dem Schicksal der übrigen fünfundzwanzigtausend Männer, Frauen und Kinder von Plaszow, die man in den Gaskammern von Auschwitz und anderen Vernichtungslagern in den Tod schickte. Sein Wunder hatte er gerade noch rechtzeitig vollbracht – ein Tag länger in Auschwitz, dann wären wohl auch wir ermordet worden.

Wenn ich mich heutzutage mit Schülern unterhalte, werde ich manchmal gefragt: »Weshalb habt ihr nicht versucht zu fliehen?«

Dass man sich diese Frage stellt, ist verständlich. Aber wie hätten die Juden während des Holocaust entkommen können, wo doch andauernd Maschinengewehre auf sie gerichtet waren und Wachhunde sich jederzeit auf sie hätten stürzen können? Abgesehen davon gab es keinen Ort, an den sie hätten flüchten können. Um die Lager herum lebten Nichtjuden, die uns hassten und mit den Nazis zusammenarbeiteten, um uns alle umzubringen. Manche haben durchaus versucht zu entkommen, vor allem junge Leute, die fit genug zum Davonrennen waren. Einer Handvoll von ihnen ist es auch gelungen. Aber falls einer der Nichtjuden rund um die Lager die Flüchtenden sah, rief er die Polizei. Die setzte ihnen dann nach, und sie wurden an Ort und Stelle erschossen.

Wir, die wir das große Glück hatten, für Oskar zu arbeiten, dachten nie daran wegzulaufen. Ich möchte euch ein weiteres Beispiel dafür geben, wie er für uns sorgte: Oskar und Emilie besaßen eine Villa, die in der Nähe ihrer Fabrik in Brünnlitz lag, aber Oskar wusste, dass wir panische Angst davor hatten, mitten in der Nacht von den Deutschen mitgenommen und in den Tod geschickt zu werden. Um uns diese Angst ein wenig zu nehmen, schlief Oskar nie in seiner wundervollen Villa. Er verbrachte die Nächte stattdessen in einem kleinen Büro im Erdgeschoss der Fabrik und hielt Wache. Neun Monate lang, bis zu dem Tag, an dem die Sowjets uns befreiten, führten meine Mutter und ich unter seinem Schutz ein sicheres und behütetes Leben.

Emilie gebührt genauso viel Anerkennung wie ihrem Ehemann. Wenn jemand von uns krank wurde, kümmerte sie sich um ihn. Auf der Suche nach zusätzlichen Lebensmitteln ging sie ins nahe gelegene Dorf und trieb Grieß auf, den sie für mich und die anderen jüngeren Häftlinge kochte. Und sie stattete die kleine Krankenstation der Fabrik mit medizinischem Material aus, das sie auf dem Schwarzmarkt gekauft hatte.

Zwei der Frauen hatten bereits im Sterben gelegen, als wir mit dem Güterwagen in Brünnlitz angekommen waren. Die ältere der beiden erlag einem Herzinfarkt. Die andere, ein junges Mädchen, starb an Krebs. Oskar und Emilie organisierten für sie ein ordentliches jüdisches Begräbnis auf einem geheimen Friedhof hinter der Fabrik. Sie markierten sogar die Stelle, an der die beiden Frauen begraben wurden, damit ihre sterblichen Überreste nach dem Krieg gefunden und auf einen jüdischen Friedhof umgebettet werden konnten. Juden gegenüber eine solche Freundlichkeit an den Tag zu legen, war nach deutschen Gesetzen verboten, doch die Schindlers kümmerte das nicht.

Wir wussten, wie viel Glück wir hatten. Auf jeden Juden, der von Oskar und Emilie gerettet wurde, kamen Zehntausende, die nicht überlebt haben.

An einem sehr kalten Tag Anfang des Jahres 1945 erfuhren Oskar und Emilie, dass ein Zug mit Häftlingen an einem nahe gelegenen Bahnhof angehalten hatte. Gerüchten zufolge waren die Waggons vollgestopft mit jüdischen Zwangsarbeitern aus einer Fabrik namens Golleschau, einem Außenlager von Auschwitz. Als die Rote Armee von Osten herangerückt war, hatten die Deutschen den Betrieb in Golleschau eingestellt und die jüdischen Arbeiter mit dem Zug zu kleineren Lagern gebracht. Doch dieser Transport war aufgrund einer Irrfahrt schon ein paar Tage länger unterwegs als geplant, und währenddessen waren die rund hundert jüdischen Gefangenen in eiskalten Güterwaggons ohne Nahrung und Wasser zusammengepfercht.

Viele Jahre später hat Emilie berichtet, was anschließend geschah. Die Riegel an den Türen der Eisenbahnwaggons waren vereist. Als es endlich gelang, sie aufzubrechen, und die Türen geöffnet wurden, bot sich ihr eine Szene dar, die »ein Ausschnitt aus dem schlimmsten aller Albträume« war, wie Emilie in ihren Erinnerungen schrieb. Zwölf Häftlinge in den Güterwagen waren bereits gestorben, doch die anderen atmeten noch.

Die Schindlers brachten alle noch lebenden Häftlinge auf ihre Krankenstation, und Emilie arbeitete rund um die Uhr, um sie zu retten. Morgens ging sie mit Koffern voller Wodkaflaschen zum Bahnhof. Wenn Züge ankamen, tauschte sie den Wodka gegen medizinisches Bedarfsmaterial und brachte die Sachen danach zur Krankenstation.

Neben der Schindlerfabrik stand eine Getreidemühle, die von einer Familie namens Daubek bewirtschaftet wurde. Emilie ging zu Frau Daubek und sagte ihr, dass das Mehl von der Mühle dringend gebraucht würde. »Ich will nicht, dass unsere jüdischen Arbeiter verhungern«, erklärte sie. Frau Daubek versprach zu helfen, und so kehrte Emilie mit Säcken voller Getreide- und Grießmehl zurück. Auf der Krankenstation wurden ihre Patienten aus dem Golleschau-Zug vorsichtig damit gefüttert. Da diese sehr lange nichts gegessen hatten, vertrugen sie zuerst nicht mehr als einen Löffel Haferbrei auf einmal. Mit der Zeit wurden dank Emilies Fürsorge die meisten von ihnen wieder gesund.

Diejenigen von uns, die als Schindlerjuden den Holocaust überlebten, erinnern sich an Emilie Schindler mit ebenso großer Dankbarkeit wie an ihren Ehemann Oskar.

In der Zwischenzeit gab Oskar weiter sein ganzes Geld für Lebensmittel aus, damit wir nicht verhungerten. Daneben musste er auch die deutschen Soldaten durchfüttern, die abgestellt waren, um seine Fabrik zu bewachen. Um sie bei Laune zu halten, spendierte er ihnen teuren, hochprozentigen Alkohol und Zigaretten. Alle, die in seiner Fabrik arbeiteten, fragten sich dasselbe: Wie lange würde sein Vermögen noch reichen? Und was würde mit uns geschehen, wenn nichts mehr übrig wäre?

10

1944/1945
Kriegsende

Am 18. Januar 1945 war allen klar, dass die Deutschen den Krieg verlieren würden. Die Nazis beschlossen, es sei an der Zeit, alle verbleibenden jüdischen Gefangenen umzubringen. Später haben wir erfahren, was mit den Häftlingen in Auschwitz geschah: Die Wachleute ließen sie vor den Toren des Konzentrationslagers in Reihen antreten und zwangen sie, zu Fuß in Lager nach Deutschland und Österreich zu laufen. Es war einer der härtesten Winter der Geschichte, und die Temperaturen fielen bisweilen auf minus dreißig Grad. Rund sechzigtausend Häftlinge brachen in Kolonnen auf, in denen je fünf Menschen nebeneinandergingen. Es waren lange Reihen von elenden, frierenden Gestalten, die um ihr Leben laufen mussten – in den sogenannten Todesmärschen, wie sie nach dem Krieg bezeichnet wurden.

Tagelang schritten die Häftlinge durch die beißende Kälte und den Schnee. Wer zu erschöpft war, um weiterzulaufen, wurde erschossen oder sterbend am Wegrand liegen gelassen.

Wenn Oskar nicht gewesen wäre, hätten wir das Schicksal dieser Menschen geteilt. Während andere Häftlinge erfroren und verhungerten, waren wir in seiner Fabrik sicher.

Doch Oskar steckte mittlerweile in Schwierigkeiten. Die sowjetischen Truppen, die heranrückten, um die Lager zu befreien, würden in ihm nicht den Helden sehen, den wir in ihm sahen. Sie würden ihn als einen deutschen Geschäftsmann ansehen, der Munition für die deutsche Armee produziert hatte und Häftlinge aus den Konzentrationslagern für sich arbeiten ließ. Sicher müsste er sich dafür vor Gericht verantworten, und womöglich würde er wegen Kriegsverbrechen gehängt. Er musste fliehen. Im Mai 1945, als die sowjetischen Soldaten nur noch eine Tagesstrecke entfernt waren, rief Oskar sowohl uns Arbeiter als auch die deutschen Aufseher zusammen.

Zuerst sprach er zu uns.

»Meine Lieben«, sagte er, »ihr seid gerettet. Deutschland hat den Krieg verloren.« Dann bat er uns, nicht in die benachbarten Wohnhäuser einzudringen, um zu stehlen. »Erweist euch den Opfern unter euch würdig und nehmt Abstand von irgendwelchen persönlichen Racheakten oder von Terror.«

Dann wandte er sich an die Aufseher und dankte ihnen dafür, dass sie seine Arbeiter menschenwürdig behandelt hatten. Sie zu loben, war ein kluger Schachzug von Oskar, denn immerhin handelte es sich um SS-Leute, die durchaus in der Lage gewesen wären, uns zu töten, bevor die Sowjets die Fabrik erreichten.

»Ihr habt die Wahl«, sagte er zu den Aufsehern. »Ihr könnt hierbleiben, auf die Russen warten und euch wegen Kriegsverbrechen verhaften lassen. Oder ihr könnt jetzt gehen und zu euren Familien zurückkehren.« Die Entscheidung fiel den Männern nicht schwer. Da keiner ihrer Vorgesetzten da war, um sie aufzuhalten, machten sie allesamt kehrt und verließen die Fabrik.

Danach zeigte sich Oskar noch ein letztes Mal großzügig gegenüber seinen jüdischen Arbeiterinnen und Arbeitern. Er gab jedem von uns eine Flasche Wodka, ein Paar Schuhe und drei Meter Stoff. Diese raren Güter würden auf dem Schwarzmarkt eine hohe Summe einbringen, und mit dem Geld würden wir uns Essen für unsere Rückreise nach Krakau kaufen können.

Wir überreichten ihm auch ein Geschenk: einen Ring, geschmiedet aus einem Goldzahn, den einer von uns gespendet hatte, sowie ein Dankesschreiben, in dem wir alle seine Wohltaten uns gegenüber auflisteten. Anschließend stellten wir uns in einer Reihe auf und gingen nacheinander nach vorne zu Oskar und Emilie, um ihnen die Hände zu küssen. Alle weinten, weil die beiden nun aufbrechen mussten.

»Ich wünschte, ich hätte mehr tun können«, sagte er, »aber jetzt muss ich euch verlassen. Auf Wiedersehen.«

Oskar und Emilie fuhren davon. Irgendwann erreichten sie das Gebiet, auf dem die amerikanischen Truppen das Sagen hatten. Normalerweise nahmen die Amerikaner alle Nazis, die sie aufspüren konnten, sofort fest. Doch durch unser Dankesschreiben kamen die Schindlers ums Gefängnis herum.

Bis zum 8. Mai 1945, dem Tag, an dem Deutschland sich den Alliierten ergab, waren bereits viele ehemalige Nazis geflohen und untergetaucht und führten nun andernorts unerkannt ein angenehmes Leben. Oskar hingegen hatte sein gesamtes Vermögen für die Rettung seiner Arbeiterinnen und Arbeiter ausgegeben und brauchte nun selbst Hilfe. Für eine Weile hatten Emilie und er nichts weiter zum Leben als die monatlichen CARE-Pakete. Die Abkürzung CARE stand für die *Cooperative for American Remittances to Europe*, eine Hilfsorganisation, die Lebensmittelrationen an Menschen schickte, die nach dem Ende des Zweiten Weltkrieges zu verhungern drohten. In den Paketen befanden sich für gewöhnlich Büchsenfleisch, Eipulver in Tüten, Konservendosen mit Eingemachtem, Margarine, Zucker, Vollmilchpulver und Kaffee. Von solchen Almosen leben zu müssen, bedeutete eine harte Umstellung für die Schindlers, die einmal sehr wohlhabend gewesen waren.

Irgendwann sprach sich herum, dass der Mann, der mehr als tausend Juden gerettet hatte, selbst in Not geraten war. Die Leiter jüdischer Hilfsorganisationen begriffen, dass sie etwas tun mussten, um ihm zu helfen. In Deutschland war Oskar, der auf der Straße als Judenfreund angefeindet wurde, nicht mehr sicher. 1949 arrangierten jüdische Verbände, dass Oskar und Emilie nach Argentinien umsiedeln konnten, wo es geschäftliche Möglichkeiten für sie gab und wo sie ein neues Leben beginnen konnten. Eine Zeit lang versuchte Oskar, dort eine Fabrik aufzubauen, aber um seine Gesundheit stand es nicht gut, und das Unternehmen schlug fehl. 1957 kehrte er nach Deutschland zurück, wo ihn die jüdische Gemeinde mit monatlichen Geldzuwendungen unterstützte. 1964 erlitt er einen Herzinfarkt, von dem er sich nie wieder vollständig erholen sollte.

Nach dem Krieg, als die Toten zusammengezählt wurden, wurde klar, dass die Nazis im Zeitraum von 1933 – als Hitler Reichskanzler wurde – bis 1945 – als der Krieg zu Ende ging – mehr als sechs Millionen Juden umgebracht hatten. Was für eine unvorstellbare Zahl ... Sechs Millionen unschuldige Männer, Frauen und Kinder – eine Tragödie, die so gewaltig war, dass sie auch als »dunkelste Stunde der Geschichte« bezeichnet wurde.

In diesen fürchterlichen Jahren hatten einige Christen große Risiken in Kauf genommen, um bei der Rettung von Juden zu helfen. In den 1950er-Jahren verlieh der Staat Israel* diesen anständigen Menschen den Ehrentitel »Gerechte unter den Völkern«. Oskar hatte zunächst kein sonderlich rechtschaffenes Leben geführt. Er hatte getrunken und geraucht, sich gerne mit Frauen umgeben und war zu Kriegsbeginn in Krakau schlicht darauf aus gewesen, das große Geld zu machen. Doch im Laufe der Zeit hatte er sich geändert. Er wollte seine Arbeiter retten, und um dies zu erreichen, gab er all sein Vermögen für die Bestechung von Amtsleuten und für den Erwerb von Essen und Medizin aus. Um mich und mehr als tausend weitere jüdische Häftlinge zu retten, riskierte Oskar sein Leben und ging schließlich bankrott. Bevor er 1974 im Alter von sechsundsechzig Jahren starb, bat er darum, in Jerusalem bestattet zu werden, die für Juden heiligste aller Städte. Emilie starb 2001 mit vierundneunzig Jahren in Deutschland.

1993 erkannte Israel Oskar und Emilie Schindler als »Gerechte unter den Völkern« an.

* Dort fanden viele überlebende Jüdinnen und Juden eine neue Heimat.

11

Rückkehr in eine gefährliche Stadt

Jetzt will ich euch erzählen, wie es mir und meiner Mutter weiter ergangen ist. Am Tag nach Oskars und Emilies Abreise kam ein russischer Soldat auf einem Pferd zur Fabrik geritten. Er rief uns zu: »Ihr seid frei!« Doch waren wir tatsächlich frei? Die Überlebenden werden euch bestätigen, dass sie sich nie ganz befreien konnten von den schrecklichen Erinnerungen an das, was sie durchgemacht und mitangesehen hatten: den Hunger, die Qualen, die Erniedrigung und die Ermordung so vieler unschuldiger Menschen.

Jede und jeder von uns reagierte unterschiedlich auf die Befreiung durch die Alliierten. Einige beschlossen, sich zu Fuß nach Hause ins mehr als dreihundert Kilometer entfernte Krakau aufzumachen. Andere, darunter auch meine Mutter und ich, wollten warten, bis die Sowjets einen Zug bereitstellen konnten, der uns nach Hause bringen würde. In der Nähe der Emalia-Fabrik in Brünnlitz fanden wir ein kleines Bauernhaus, das von seinen Besitzern verlassen worden war. Dort blieben wir ein paar Tage, bis das Gerücht umging, dass ein Zug bereitstand, der uns alle nach Krakau bringen würde.

Am Bahnhof von Brünnlitz halfen uns freundliche russische Soldaten, in die Güterwaggons zu steigen. Insgesamt waren wir vielleicht einhundertfünfzig Personen, die endlich wieder heimwärtsfuhren. Dieser Zug war anders als der furchtbare Zug, der uns nach Auschwitz gebracht hatte. Die Soldaten hatten die Waggons netterweise mit Holzpritschen und Decken ausgestattet, und sie hatten uns Lebensmittel und Wasser zur Verfügung gestellt.

»Wenn ihr wieder in Krakau seid«, warnten uns die Soldaten, »geht abends nicht mehr vor die Tür. Einige Leute wollen euch nicht dort haben, und es könnte Ärger geben.«

Nach allem, was wir durchgemacht hatten, hatten wir gehofft, dass die Menschen in Krakau Mitgefühl zeigen und uns zu Hause willkommen heißen würden. Doch dem war nicht so. Der Antisemitismus in Polen war noch immer stark, und wir würden vorsichtig sein müssen.

Nach zwei Tagen erreichte der Zug sein Ziel. Am Bahnhof erzählten die Leute uns, dass es eine Flüchtlingsbehörde gebe, die eingerichtet worden sei, um den nach Krakau zurückkehrenden Juden zu helfen. Wir suchten die Adresse auf. Das Gebäude, in dem sich die Behörde befand, war früher einmal eine Schule gewesen. Wir hofften, dass man uns eine Wohnung zuweisen würde, und darauf, Nachrichten von unseren Angehörigen vorzufinden. An den Wänden der Flüchtlingsbehörde hingen überall Zettel, auf denen immer etwas stand wie: »Ich heiße so und so; kennt ihr irgendjemanden aus meiner Familie?« Unsere Namen standen auf keinem der Zettel. Niemand hier suchte nach uns, weder einer der sechs Brüder meines Vaters noch deren Frauen oder Kinder, weder meine Tanten oder Onkel noch meine Cousinen oder Cousins. Von ihnen fand ich schlussendlich zwei wieder, ebenso die Schwester meines Vaters und zwei weitere Onkel. Außer ihnen, meiner Mutter und meinem Großvater hatte niemand aus meiner Familie überlebt.

Ein russischer Beamter erklärte uns, dass wir in einem Studentenwohnheim der Universität unterkommen könnten, das in eine Notunterkunft umgewandelt worden war. Meine Mutter aber wollte nicht, dass wir noch einmal so leben mussten, mit Fremden zusammengedrängt in einem einzigen Raum. Wir überlegten, ob wir nicht einfach in unsere alte Wohnung zurückkehren könnten. Und so liefen wir von der Flüchtlingsbehörde aus in unsere Straße, betraten unser altes Wohnhaus und stiegen die Treppen hinauf.

Als wir vor unserer Wohnung standen, entdeckten wir, dass mittlerweile jemand anderes dort eingezogen war. Der Mann erzählte uns, er sei Anwalt, und weil der Vermieter nicht gewusst hätte, ob wir jemals wieder zurückkämen, hätte er die Wohnung nach unserem Aufbruch an ihn weitervermietet. Wir waren nicht überrascht, dass jemand in unserer Wohnung lebte. Wir waren auch nicht wütend oder nahmen es dem Mann übel, dass er dort eingezogen war. Wie hätte er ahnen können, dass wir überleben würden?

Die Wohnung sah noch fast genauso aus wie zu dem Zeitpunkt, als wir gezwungen gewesen waren, ins Krakauer Ghetto zu ziehen. An den Wänden war noch immer derselbe Farbanstrich, und von der Decke hingen noch immer dieselben Lampen. Auf dem Boden befand sich noch immer derselbe Linoleumbelag, und der Kleiderschrank und die Holzbank meiner Eltern standen ebenfalls noch da. Dennoch hielten wir uns nicht lange auf. Diese Wohnung war nicht länger unser Zuhause. Wir mussten einen neuen Ort zum Leben finden.

Der Stoff, die Schuhe und der Wodka – all die Dinge, die Oskar uns gegeben hatte – erwiesen sich als nützlich. Es gelang uns, die Sachen zu verkaufen, wodurch wir etwas Geld für Lebensmittel und Miete erhielten. Schließlich fanden wir eine Mietwohnung. Schön war sie nicht – ich musste heißes Wasser auf die Matratzen kippen, um die Bettwanzen loszuwerden –, aber zumindest hatten wir wieder unsere eigenen vier Wände. Das war etwas ganz Wundervolles.

Wir blieben nur etwa einen Monat in Krakau, das Leben dort war zu gefährlich. Jeden Tag kam es zu antisemitischen Ausbrüchen. Genau wie die russischen Soldaten gesagt hatten, ging es vielen Leuten gegen den Strich, dass Juden in die Stadt zurückkehrten. Es gab Gerüchte, dass Juden hereingelegt wurden, indem man ihnen versprach »Ihr könnt heute Nacht hier schlafen« und sie dann mitten in der Nacht ermordete.

Wie seltsam es war, in jene Stadt zurückzukehren, in der ich aufgewachsen war, an einen Ort, den ich geliebt hatte, nur um dort begreifen zu müssen, dass es nie wieder so wie früher sein würde. Auf den Straßen von Krakau klebte jüdisches Blut. Die jüdische Bevölkerung war nahezu verschwunden, ermordet von den Nazis. Krakau war nicht mehr der Ort, an dem wir uns ein neues Leben hätten aufbauen können, und so sahen sich meine Mutter und ich nach einem anderen um.

Ein Mädchen, das ich vor dem Krieg gekannt hatte, hörte von unserer Rückkehr und kam auf einen Besuch vorbei. Wir erzählten ihm, wie unwohl wir uns in Krakau fühlten und wie gerne wir einen anderen Wohnort finden würden.

»Viele jüdische Überlebende sind nach Österreich gegangen«, sagte sie, »um in einem DP-Lager* unterzukommen. Ich habe gehört, die sind ganz in Ordnung und Juden brauchen keine Angst

* Die Abkürzung DP steht für den englischen Ausdruck *Displaced Persons* – Menschen, die nicht mehr in ihre Heimat zurückkehren konnten.

mehr vor Angriffen zu haben. Vielleicht versucht ihr es dort einmal?«

Meine Mutter und ich waren uns einig, dass dies nach einem guten Plan klang. Als wir gerade dabei waren, in eine dieser Einrichtungen im österreichischen Linz aufzubrechen, bekamen wir noch einmal Besuch. Diesmal war es ein Junge, der im Krakauer Ghetto unser Nachbar gewesen war.

»Rena, ich habe eine Überraschung für dich«, sagte er. »Deine Freundin Sonia ist am Leben. Sie wohnt mit ihrer Schwester und ihrem Schwager auf einem Bauernhof, ganz in der Nähe des DP-Lagers, zu dem ihr wollt. Ich bringe euch zu ihr.«

In dieser Zeit nach Kriegsende durften Überlebende aus den Lagern kostenlos mit dem Bus und der Eisenbahn fahren. Als wir schließlich in Linz angekommen und den Weg zum Bauernhof gefunden hatten, fielen Sonia und ich uns in die Arme und heulten wie die Babys. Wir weinten um ihre ermordeten Eltern. Wir weinten um meinen ermordeten Vater. Wir weinten um all die unschuldigen jüdischen Männer, Frauen und Kinder, die umgebracht worden waren.

Als wir all unsere Tränen vergossen hatten, begannen wir uns wie in alten Zeiten über dieses und jenes, über Jungs und übers Essen zu unterhalten. Und wir lachten, so wie wir es früher getan hatten, um unsere Traurigkeit zu vertreiben.

In Linz fand ich eine Anstellung als Schreibkraft und Übersetzerin bei der Nothilfe- und Wiederaufbauverwaltung der Vereinten Nationen, kurz UNRRA* genannt. Es war eine Hilfsorganisation, die Kriegsopfern Nahrung, eine Unterkunft und andere lebensnotwen-

* Nach der englischen Bezeichnung *United Nations Relief and Rehabilitation Administration.*

dige Dinge zur Verfügung stellte. Sonia arbeitete für die jüdische Organisation HIAS*. Diese Organisation leistete humanitäre Hilfe und Unterstützung für Geflüchtete, die in andere Länder emigrieren wollten. Mit diesen Tätigkeiten verdienten wir uns ein wenig Geld, und wir schworen uns, dass wir uns nie wieder trennen lassen würden.

In Linz begegnete ich auch meinem späteren Ehemann.

* Die Abkürzung steht für die englische Bezeichnung *Hebrew Immigrant Aid Society*.

12

Hochzeit und Emigration in die USA

Bis zum Juli 1945 hatten die amerikanischen Streitkräfte in Linz Büros für das CIC* eingerichtet, das Spionageabwehrkorps der US-Armee, dem nun die Aufgabe zukam, die gegen Ende des Krieges entkommenen Nazi-Größen aufzuspüren. Jeder, der für das CIC arbeitete, hatte das Privileg, im sogenannten PX-Laden** der Armee einkaufen zu können, wo es Konserven, Gewürze und andere Dinge gab, die in den öffentlichen Lebensmittelläden nicht erhältlich waren. Eines Tages kam eine Freundin auf den Bauernhof, um mich und Sonia zu besuchen. Sie war ganz aufgeregt.

»Ich habe mich mit einigen Jungs getroffen, die für das CIC arbeiten«, erzählte sie. »Die müsst ihr kennenlernen. Sie haben Obstkonserven und Dosenmilch!«

Sonia und ich waren Teenager und ein bisschen vorwitzig. »Warum nicht?«, erwiderten wir, und schon machten wir uns auf nach Linz.

Unsere gemeinsame Freundin stellte mich einem vierund-

* Die Abkürzung steht für den englischen Begriff *Counter Intelligence Corps*.

** Die Abkürzung PX steht für *Post Exchange*.

zwanzig Jahre alten Mann aus Krakau vor, der Marek hieß und für das CIC arbeitete. Er war ein gebildeter junger Mann, der aus dem Konzentrationslager Mauthausen befreit worden war. Marek sprach gut Englisch, und die Amerikaner waren froh, dass sie ihn als Übersetzer beschäftigen konnten. Er sah gut aus in seiner amerikanischen Uniform. Wir aßen zusammen zu Abend, und es war wunderbar. Am nächsten Tag kam Marek mich wieder besuchen – und am übernächsten Tag auch und am überübernächsten auch.

Später erzählte Marek unseren Kindern immer, dass es Liebe auf den ersten Blick gewesen sei und dass er mich mit einem Lasso eingefangen habe. Ein Lasso hat es nie gegeben, allerdings würde ich ihm zustimmen, dass es Liebe auf den ersten Blick gewesen ist. Wir heirateten und hätten nicht glücklicher sein können. Alles, was uns jetzt noch fehlte, war eine Möglichkeit, in die USA auszuwandern.

Sonia hatte einen Verwandten, der im US-Bundesstaat Massachusetts lebte und einwilligte, mich und Marek finanziell zu unterstützen. Das bedeutete: Er war bereit, ein Schreiben aufzusetzen, in dem er versicherte, für unsere Lebenshaltungskosten in den Vereinigten Staaten aufzukommen, falls das nötig wäre, und in dem er garantierte, dass wir nicht von öffentlicher Hilfe abhängig sein würden. Dank dieses Schreibens durften Marek und ich schließlich ein Dampfschiff für die Überfahrt besteigen. Am 19. November 1948 kamen wir in den USA an.

Als Allererstes suchten wir uns Arbeit. Marek fand eine Anstellung in einer Lederfabrik, und ich arbeitete als Assistentin in einer Fabrik, die Schuhe herstellte. Es war nicht das Leben, von dem ich als Mädchen geträumt hatte, aber wir waren am Leben, in Amerika und konnten uns über nichts beklagen.

Sechs Jahre später war ich in der Lage, meiner Mutter und ihrem neuen Mann – ebenfalls ein Überlebender des Holocaust – die erforderlichen Unterlagen zuzuschicken, damit sie von Europa aus in die USA immigrieren konnten. Marek und ich hatten mittlerweile drei Kinder bekommen. Meine Mutter und ihr Mann fanden Arbeit und kauften ein Haus. Wir waren überglücklich, wieder als Familie zusammen zu sein.

Meine liebe Freundin Sonia war bereits einige Monate vor uns in die USA eingewandert, zusammen mit ihrer Schwester und ihrem Schwager. Wir hatten uns darüber unterhalten, ob wir den Leuten von unseren Erfahrungen erzählen sollten, uns aber zunächst dagegen entschieden. Es wäre zu schmerzhaft gewesen, die Erlebnisse öffentlich zu machen. Außerdem wussten wir, dass niemand etwas derart Schreckliches hören wollte.

Doch schließlich geschah etwas, das uns umdenken ließ. Einige Menschen, sogenannte Holocaust-Leugner, behaupteten, dass es den Holocaust niemals gegeben habe und die Juden ihn nur erfunden hätten, um Mitleid zu erregen. Sonia und ich waren uns einig, dass etwas gegen die Leugnung des Massenmordes getan werden musste. Und das Beste, was wir dagegen unternehmen konnten, war, die Wahrheit über das zu erzählen, was wir persönlich erlitten hatten. Allerdings waren wir uns nicht sicher, wie wir dabei vorgehen sollten.

Dann, im Jahr 1979, begegneten wir einer außergewöhnlichen Frau namens Margot.

Margot Stern Strom war in den 1940er- und 1950er-Jahren in Memphis, im US-Bundesstaat Tennessee, aufgewachsen. Damals war Memphis eine durch die sogenannte Rassentrennung, also die Trennung in schwarze und weiße Bevölkerungsgruppen, stark gespaltene Stadt. Vom Fenster ihrer Highschool aus konnte Margot ein Schild sehen, das am Zoo gegenüber hing. Auf dem Schild stand, dass der Donnerstag der Tag »für Farbige« sei – das heißt, der einzige Wochentag, an dem es Afroamerikanern erlaubt war, den Zoo zu besuchen. Als sie älter war, erzählte Margot, dass in ihrer Kindheit niemand über Rassismus, Antisemitismus oder den Holocaust gesprochen hätte. Diskriminierung und religiöse Intoleranz hatte es einfach immer schon gegeben, und niemand schien willens zu sein, irgendetwas dagegen zu tun.

Margot wurde Lehrerin und widmete sich in ihrem Berufsleben der Aufgabe, mit jungen Leuten über Unrecht zu sprechen. 1976 war sie Mitbegründerin der Organisation *Facing History and Ourselves**, die bis heute Millionen von Schülern und Lehrern über den Holocaust und die Ursachen für Vorurteile aufgeklärt hat. Mittlerweile ist daraus ein internationales Netzwerk von über vierzigtausend Pädagogen geworden, die jedes Jahr vier Millionen junge Menschen weltweit erreichen.

Meine Freundin Sonia war die Erste, die mit Margot in den Schulen arbeitete. Zu dieser Zeit war auch Sonia bereits verheiratet und hatte drei wundervolle Kinder. Trotzdem fand sie die Zeit, sich mit den Schulklassen zu treffen, ihnen von ihren Erlebnissen zu erzählen und ihre Fragen über den Holocaust zu beantworten.

* Auf Deutsch etwa: sich der Geschichte und uns selbst stellen.

Ich erinnere mich noch, wie Margot mich zum ersten Mal einlud, vor einer Gruppe von Schülerinnen und Schülern zu sprechen. Der Klassenlehrer war nervös, weil eine der Mütter herausgefunden hatte, dass ich in die Schule kommen würde, und Margot daraufhin mitgeteilt hatte: »Ich will nicht, dass mein Kind etwas über den Holocaust erfährt.«

Wer hätte es dieser Frau verübeln können? Welche einfühlsamen Eltern wollen schon, dass man ihren Kindern etwas vom Verhungern und Morden erzählt? Diese Mutter jedenfalls war erleichtert, als Margot ihr erklärte, dass es bei meinem Besuch weniger um den Bericht von Gräueltaten ging, sondern vielmehr darum, wie jeder Einzelne von uns, auch ein Jugendlicher, die Welt verändern kann.

Sonia starb 2010 an Krebs. Ihr Tod war ein furchtbarer Verlust für mich, und er ist es immer noch. In was für einer Welt leben wir, fragte ich mich, in der jemand den Holocaust überlebt und dann an Krebs stirbt? Gibt es denn gar keine Gerechtigkeit? Dann fiel mir etwas Wichtiges über Sonia ein, was mir aus meiner Niedergeschlagenheit heraushalf: Trotz allem, was sie mitgemacht hatte, war sie niemals verbittert gewesen. Dieser Gedanke änderte zwar nichts an meiner Traurigkeit über ihren Tod, aber er rief mir wieder ins Gedächtnis, dass sie und ich immer dieselbe Einstellung gehabt hatten: Das Leben, egal wie lang oder kurz es auch sein mag, ist ein Segen.

Wenn ich mich daran erinnere, ist Sonia immer noch bei mir.

13

Der Film Schindlers Liste

Viele Jahre nach dem Krieg war mit einem Mal die Rede davon, dass man aus der wahren Geschichte um Oskar Schindler einen Film machen müsste. Der erste Autor, der über ihn geschrieben hatte, war ein Australier namens Thomas Keneally gewesen. Sein Roman *Schindlers Liste* (im Original *Schindler's Arch*) war im Jahr 1982 veröffentlicht worden. 1993 wandelte der berühmte Regisseur Steven Spielberg (von ihm stammen so bekannte Filme wie *E. T. – Der Außerirdische*, *Jurassic Park* oder die *Indiana Jones*-Reihe) die Romanvorlage schließlich in einen Kinofilm um, der ebenfalls den Titel *Schindlers Liste* trägt. Die weltweiten Reaktionen waren erstaunlich: *Schindlers Liste* war zwölfmal für den US-amerikanischen Filmpreis Oscar nominiert, gewann in sieben der zwölf Kategorien und wurde zu einem der gefeiertsten Filme aller Zeiten.

Als ich *Schindlers Liste* zum ersten Mal sah, war mir, als sei ich selbst in den Film gestiegen und wäre noch einmal ein Teil dieser Geschichte. Dort auf der Leinwand war Oskar Schindler, dargestellt von dem Schauspieler Liam Neeson. Dort auf der Leinwand waren die anderen Schauspielerinnen und Schauspieler, die Emilie Schindler und viele andere Menschen darstellten, die ich damals gekannt hatte. Es war erstaunlich, dabei zuzusehen, wie meine eigene Geschichte zum Leben erweckt wurde.

Der Film war so eindrucksvoll, dass ich mich in meine Kindheit zurückversetzt fühlte, in die Zeit, als die Nazis Krakau eingenommen hatten. Zurück zu dem Tag, an dem man uns ins Ghetto gezwungen hatte, und zurück in das Lager Plaszow, wo wir nie hatten wissen können, ob wir den nächsten Augenblick noch erleben würden. Der Film nahm mich mit nach Auschwitz, wo wir jede Sekunde panische Angst gehabt hatten, und ließ mich wie betäubt zurück.

Am Schluss saß ich in meinem Kinosessel, ohne überhaupt mitzubekommen, dass der Film zu Ende war. Jemand tippte mir auf die Schulter und fragte: »Wären Sie dann bereit, das Kino zu verlassen?« Ich sah mich um. Der Kinosaal war leer. Alle anderen waren bereits gegangen, nur ich saß noch dort. Der Film hatte mich so überwältigt, dass ich völlig vergessen hatte, wo ich mich befand.

Viele junge Leute erfahren etwas über geschichtliche Ereignisse, indem sie sich Filme wie *Schindlers Liste* ansehen. Das ist wichtig, weil wir den Holocaust nicht vergessen dürfen. Zugleich ist es aber so, dass die wahre Geschichte immer komplizierter ist als das, was wir in Filmen zu sehen bekommen. Es gibt Dinge, über die Überlebende nicht sprechen wollen; Dinge, die man auf der Leinwand niemals zeigen könnte. Wer möchte schon Eintritt für einen Film zahlen, in dem es darum geht, welche schrecklichen Dinge Menschen tun mussten, nur um zu überleben?

Zudem folgen Filme den Regeln des Dramas und der Erzählkunst. Tatsächliche Ereignisse sind für gewöhnlich weniger vorhersehbar, und Filmemacher verändern oft die Einzelheiten, um die Story interessanter zu machen. Das wirft eine wichtige Frage auf: Welche Geschichte ist die wahre Geschichte? Ist es die, über die wir in den Geschichtsbüchern lesen? Die Geschichte, die wir in Filmen sehen? Die Geschichte, die uns von Überlebenden erzählt wird? Auch die Erinnerungen der Überlebenden verändern sich manchmal über die Jahre. Welche Version ist die richtige Version? Vielleicht habt ihr ja Lust, einmal in einer Unterrichtsstunde darüber zu sprechen.

14

Nachhall

Während jener furchtbaren Jahre, in denen Millionen von Juden und Nichtjuden unter dem NS-Regime litten und starben, wussten viele Staatsoberhäupter rund um die Welt, was vor sich ging. Die Menschen, denen es gelungen war, aus den Lagern zu fliehen, lieferten Hinweise auf die Gräueltaten – Erfahrungsberichte aus erster Hand, manchmal sogar Fotografien –, doch die ausländischen Regierungen entschieden sich dagegen, irgendetwas zu unternehmen. »Für die Juden können wir nichts tun«, sagten die Politiker. »Wir müssen uns darauf konzentrieren, den Krieg zu gewinnen.«

Bei allem Respekt vor diesen Staatsmännern: Könnte es auch auf deren Seite eine Spur von Antisemitismus gegeben haben?

Diese Vorurteile, die man anderen gegenüber aufgrund ihrer Religion, ihrer Ethnie oder Hautfarbe hat, müssen verschwinden. Der frühere US-Präsident John F. Kennedy hat einmal gesagt: »Und sollten wir nicht in der Lage sein, unseren Differenzen jetzt ein Ende zu setzen, so können wir zumindest einen Beitrag dafür leisten, dass auf dieser Welt eine sichere Grundlage für Vielfalt gelegt wird. Letzten Endes besteht unsere grundlegendste Gemeinsamkeit darin, dass wir alle auf diesem kleinen Planeten leben. Wir alle atmen dieselbe Luft. Uns allen liegt die Zukunft unserer Kinder am Herzen. Und wir alle sind sterblich.«

In den vielen Jahren, in denen ich öffentlich – hauptsächlich mit Schülerinnen und Schülern – darüber gesprochen habe, war meine Botschaft immer dieselbe: Ihr müsst nicht jeden lieben, aber jeder verdient es, anständig behandelt zu werden. Genozide, Völkermorde, beginnen damit, dass einige Menschen denken, sie seien besser als andere. »Es sind diese anderen«, sagen die Leute dann, »die schuld sind an all dem Schlechten auf der Welt. Sie verdienen keine anständige Behandlung. Sie verdienen den Tod.« Das war Hitlers Einstellung. Er mag tot sein, aber diese grauenvolle Überzeugung lebt überall dort weiter, wo Menschen unterdrückt werden.

Wenn ihr also seht, dass jemand gemobbt wird – tut etwas dagegen. Holt Hilfe. Drei Kinder, die sich einem Mobber in den Weg stellen, können diesen Mobber aufhalten. Ihr könnt etwas verändern, nicht nur in eurer Schule, sondern im ganzen Land. Noch ein paar Jahre, sage ich den Jugendlichen immer, dann seid ihr alt genug, um wählen zu können. Dann werdet ihr es in der Hand haben, die Gesellschaft wirklich zu verändern.

Mittlerweile habe ich diese Botschaft schon vor Schulklassen verkündet, deren Lehrer selbst einmal zu den Schülern gehört haben, mit denen ich gesprochen habe. Diese Lehrer geben die Botschaft jetzt an ihre Schüler weiter. Womöglich werden aus diesen Schülern eines Tages wiederum Lehrer, die die Botschaft an die nächste Generation weitergeben.

Und vielleicht werdet auch ihr, liebe Leserinnen und Leser, zu jenen gehören, die den Mut haben, sich für Unschuldige einzusetzen. Steht für sie ein – und nicht nur unbeteiligt dabei.

Dank

Ich möchte Joshua M. Greene dafür danken, dass er sich dieses Projekts mit einer solchen Geduld und Sorgfalt angenommen hat. Dank auch an meine liebe Freundin Judi Bohn, die mir eine wichtige Stütze war und mir mit Ratschlägen zur Seite stand. Professor Lawrence Langer, einer der weltweit führenden Forscher zu Zeitzeugenberichten über den Holocaust, hat dankenswerterweise Vorschläge gemacht, um das Themenspektrum dieses Buchs zu erweitern. Mein Lektor Roy Wandelmaier hat sich diesem Buch mit viel persönlichem Engagement gewidmet, wofür ich ihm sehr dankbar bin. Zu guter Letzt möchte ich auch Steven Spielberg meine Anerkennung aussprechen. Als sein Film *Schindlers Liste* weltweit in die Kinos kam, wurde die Mauer des Schweigens eingerissen, und wir Überlebenden – zusammen mit den Soldaten, die uns aus den Konzentrationslagern befreiten und den Horror mit eigenen Augen sahen – waren endlich in der Lage, unsere Geschichten mit anderen zu teilen.

Im Jahr 1945, nach dem Ende des Zweiten Weltkrieges, kehrten meine Mutter und ich in meine Geburtsstadt Krakau zurück. Wir gingen zum Ghetto – jenem überfüllten Bereich der Stadt, in den die Juden auf Geheiß der Deutschen hatten umsiedeln müssen – und betraten die Wohnung, in der meine Großeltern einst gelebt hatten. Die Tür stand sperrangelweit offen.

Wir hatten nicht erwartet, dort etwas Wertvolles zu finden. Sämtliche Möbel, die Bett- und Tischwäsche sowie das Silber waren schon lange zuvor gestohlen worden. Aber auf dem Dachboden fand ich Fotos meiner Familie, die verstreut umherlagen. Jemand hatte sich die wunderschönen ledergebundenen Alben meiner Großeltern geschnappt und die Bilder herausgerissen.

Viele der Fotos in diesem Buch gehören zu jenen, die ich damals dort auf dem Dachboden habe retten können.

3

4

PAA
N74

Gross-Rosen – AL Brünnlitz / Liste d. weibl. Häftlinge, Stand: 12.4.1945. (15

Lfd. Nr.	H.Art u. Nat.	H.Nr.	Name und Vorname	Geburtsdatum	Beruf
1.	Ju.Po.	76201	Aftergut Berta	20. 2.16	Metallarbeiterin
2.	"	2	Appel Gisela	28. 7.21	"
3.	"	3	Ast Rachela	20. 8.20	"
4.	"	4	Banach Lola	3. 7.08	"
5.	"	5	Barth Helena	25.12.10	"
6.	"	6	Begleiter Valeria	18. 6.21	Sanitäterin
7.	"	7.	Berger Hilde	13. 6.14	Schreibkraft
8.	"	8	Berhang Elka	7. 4.15	Metallarbeiterin
9.	"	9	Bernstein Golda	10.11.21	"
10.	"	76210	Bielfeld Frania	31.3. 22	"
11.	"	1	Blawat Felicia	25.12.24	"
12.	"	2	Bernstein Henja Malka	29. 8.19	"
13.	"	3	Berger Anna	8. 3.15	"
14.	"	4	Blumenkranz Karola	19. 1.14	"
15.	"	5	Bronner Jetti	27. 8.13	Schreibkraft
16.	"	6	Brunnengraber Helina	12. 3.26	Metallarbeiterin
17.	"	7	Brzeska Cecilia	24.12.26	"
18.	"	8	Brzeska Hela	10. 5.25	"
19.	"	9	Buchsbaum Sofia	11. 3.13	"
20.	"	76220	Borenstein Basia	20. 4.26	"
21.	"	1	Brandsilber Charlotte	5. 4.09	"
22.	"	2	Brechner Helli	14. 5.08	"
23.	"	3	Breit Gisa	11. 6.11	"
24.	"	4	Bugajer Rachela	3. 2.18	"
25.	"	5	Burstiner Hela	27. 1.09	"
26.	"	7	Danzig Sara	25. 7.07	"
27.	Ju.Dt.	8	Dawidowicz Ida	6. 2.99	"
28.	Ju.Po.	9	Dortheimer Helena	19. 5.22	"
29.	"	76230	Dortheimer Helena	8. 7.20	"
30.	"	1	Dressler Marta	13. 6.96	"
31.	"	2	Dressler Susi	1.10.14	Schneiderin
32.	"	3	Dresner Chaja	8. 4.06	Metallarbeiterin
33.	"	4	Dresner Danuta	24. 8.27	"
34.	"	5	Duklauer Anna	20.12.22	"
35.	"	6	Durst Szyfra	3. 4.14	"
36.	"	7	Eisen Erna	27. 2.19	"
37.	"	9	Feigenbaum Rocha	16. 1.02	"
38.	"	76240	Feingold Mina	27. 7.10	"
39.	"	1	Feldmann Lola	1. 8.22	"
40.	"	2	Feldmann Rosa	4. 9.26	"
41.	"	3	Feldstein Felicia	10.24.24	"
42.	"	4	Ferber Rena	24. 2.28	"
43.	"	5	Ferber Rosa	14. 9.05	"
44.	"	6	Fertig Gustawa	21.12.22	"
45.	"	7	Feuereisen Eleonora	12. 6.24	"
46.	"	8	Flinder Fela	15. 8.09	"
47.	"	9	Frey Cecilia	11.11.21	"
48.	"	76250	Froelich Rosa	1. 3.15	"
49.	"	1.	Fränkel Frieda	14. 4.24	"
50.	"	2	Friedmann Eugenia	18. 6.23	"
51.	"	3	Friedmann Estera	1.12.20	"
52.	"	4	Friedmann Felicia	2.1. 23	"
53.	"	5	Friedmann Helene	3. 9.04	"
54.	"	6	Friedner Franciszka	5. 7.06	"
55.	"	7	Friedner Ada	16. 1.21	"
56.	"	8	Frisch Stefania	20. 4.27	"
57.	"	9	Frisch Ella	4. 3.01	"
58.	"	76260	Gams Genia	1. 9.14	"
59.	"	1	Garde Mira	7. 8.99	"
60.	"	2	Garde Irena	2. 4.18	"

OSKAR SCHINDLER
28. 4. 1908 9. 10. 1974
חסיד אומות
העולם
DER UNVERGESSLICHE
LEBENRETTER
1200 VERFOLGTER JUDEN

Bildlegenden

Bild 1: Rena wurde 1929 in der polnischen Stadt Krakau geboren. Dieses Foto zeigt sie im Alter von fünf Jahren.

Bild 2: Rena (rechts stehend) als Mädchen in einem Sommerurlaub vor Kriegsbeginn, zusammen mit ihrer Mutter Rosa (hinter ihr stehend), ihrem Vater Moses und ihrer Tante Cyla (sitzend), der Schwester ihres Vaters.

Bild 3: Auf diesem Foto aus dem Jahr 1939 sieht man, wie Juden aus Krakau gezwungen werden, jene Mauern zu bauen, die später das Krakauer Ghetto umschlossen – den Ort, an dem die jüdische Gemeinde zwangsweise leben musste.

Bild 4: Blick von den Bahngleisen im Lager auf das Torhaus von Auschwitz.

Bild 5: Oskar Schindler (die Aufnahme entstand nach dem Krieg).

Bild 6: Schindlers Liste mit den Namen von Rena und ihrer Mutter (Rena und Rosa Ferber).

Bild 7: Rena im Alter von siebzehn Jahren, als sie nach dem Krieg im DP-Lager Bindermichl lebte.

Bild 8: Rena an ihrem Hochzeitstag mit Ehemann Mark Finder.

Bild 9: 1997 besuchten Rena und Mark mit ihren Enkelkindern Jason und Amy das Grab von Oskar Schindler in Jerusalem.

Bild 10: Rena hat sich zum Ziel gesetzt, ihre Erfahrungen während des Holocaust mit anderen zu teilen. Sie möchte die Menschen davon überzeugen, wie wichtig es ist, seine Stimme gegen Unrecht zu erheben.

Bildnachweis

Bild 3: Universal History Archive/Getty Images;
Bild 4: Jeremy Ryan Wolting/Shutterstock.com;
Bild 5: picture-alliance/dpa;
Bild 6: Yad Vashem
Alle anderen Bilder mit freundlicher Genehmigung von Rena Finder.

Weitere Quellen:

S. 68: Rena Finder zitiert aus Emilie Schindlers Memoiren, die auf Deutsch 2018 unter dem Titel *In Schindlers Schatten. Emilie Schindler erzählt ihre Geschichte* bei Kiepenheuer & Witsch, Köln, erschienen sind (S. 97).

S. 93–94: Rena Finder zitiert aus einer Rede John F. Kennedys, die er am 10. Juni 1963 an der American University in Washington D.C. gehalten hat, nachzulesen unter jfklibrary.org/learn/about-jfk/historic-speeches/american-university-commencement-address (letzter Aufruf am 11.11.2021).

Rena Finder, geboren 1929 in Krakau, Polen, hat den Holocaust als eine der Arbeiterinnen in Oskar Schindlers Fabrik überlebt. Nach dem Zweiten Weltkrieg zog sie mit ihrem späteren Mann in die USA. Dort hat sie sich der Lehre und Aufklärung über den Massenmord an den Juden verschrieben und teilt ihre Geschichte mit Schulen, Universitäten und Synagogen. Sie ist Gründungsüberlebende von *Facing History and Ourselves*.

Joshua M. Greene ist Autor, Filmemacher und Dozent. Seine Dokumentarfilme und Bücher über den Holocaust wurden in viele Sprachen übersetzt und mehrfach ausgezeichnet. Er hält Vorträge an Universitäten und sprach auch schon im Pentagon.

Manuela Knetsch, geboren 1974, studierte Englische und Deutsche Literatur und arbeitete einige Jahre im Verlagswesen, bevor sie sich als Übersetzerin selbstständig machte. Für Hanser übersetzte sie bereits die *School Survival*-Reihe von James Patterson, die *Nachtflüsterer*-Serie von Ali Sparkes sowie *Zoe, Grace und der Weg zurück nach Hause* von Allan Stratton. Sie lebt mit ihrer Familie in Göttingen.